COLLECTION FONDÉE EN 1984
PAR ALAIN HORIC
ET GASTON MIRON

TYPO EST DIRIGÉE PAR
PIERRE GRAVELINE

AVEC LA COLLABORATION DE
ROBERT LALIBERTÉ
SIMONE SAUREN
ET JEAN-YVES SOUCY

D0727981

TYPO bénéficie du soutien de la Société de développement des entreprises culturelles du Québec (SODEC) pour son programme d'édition.

Gouvernement du Québec – Programme de crédit d'impôt pour l'édition de livres – Gestion SODEC.

Nous reconnaissons l'aide financière du gouvernement du Canada par l'entremise du Programme d'aide au développement de l'industrie de l'édition (PADIÉ) pour nos activités d'édition.

Nous remercions le Conseil des Arts du Canada de l'aide accordée à notre programme de publication.

L'AMÉLANCHIER

JACQUES FERRON

L'AMÉLANCHIER

récit

Édition préparée par
Pierre Cantin, Marie Ferron, Paul Lewis

Préface de Gabrielle Poulin

TYPO

Éditions TYPO
Une division du groupe Ville-Marie Littérature
1010, rue de la Gauchetière Est, Montréal, Québec H2L 2N5
Tél. : (514) 523-1182
Téléc. : (514) 282-7530
Courriel : vml@sogides.com

Maquette de couverture : Violette Vaillancourt
Photo de la couverture : Gisèle Lamoureux

DISTRIBUTEURS EXCLUSIFS :
• Pour le Québec, le Canada
et les États-Unis :
LES MESSAGERIES ADP*
955, rue Amherst
Montréal, Québec H2L 3K4
Tél. : (514) 523-1182
Téléc. : (450) 674-6237
* Filiale de Sogides ltée

• Pour la Belgique et la France :
Librairie du Québec / DNM
30, rue Gay-Lussac, 75005 Paris
Tél. : 01 43 54 49 02
Téléc. : 01 43 54 39 15
Courriel : liquebec@noos.fr
Site Internet : www.quebec.libriszone.com

• Pour la Suisse :
TRANSAT SA
C. P. 3625, 1211 Genève 3
Tél. : 022 342 77 40
Téléc. : 022 343 46 46
Courriel : transat-diff@slatkine.com

Pour en savoir davantage sur nos publications,
visitez notre site : **www.edtypo.com**
Autres sites à visiter : www.edhomme.com • www.edjour.com
www.edvlb.com • www.edhexagone.com • www.edutilis.com

Édition originale :
Jacques Ferron, *L'amélanchier*, Montréal, Éditions du Jour
coll. «Romanciers du Jour», 1970

Dépôt légal : 3ᵉ trimestre 1992
Bibliothèque nationale du Québec
Bibliothèque nationale du Canada

Nouvelle édition
© Éditions Typo, 1992
© VLB Éditeur et succession Jacques Ferron, 1986
Tous droits réservés pour tous pays
ISBN 2-89295-086-4

Préface

L'on a écrit des choses magnifiques sur Tinamer, la délicieuse petite fille de Léon de Portanqueu, esquire. Des esprits très sérieux, qui s'étaient détournés depuis fort longtemps des contes de l'enfance, se sont laissé séduire par les croyances naïves de cette enfant-là, sa fraîcheur et sa faculté d'émerveillement. Ils ont trouvé fascinante la recherche d'identité de la Tinamer de vingt ans, désorientée au milieu d'un monde «réuni, limpide et sans saveur».

Autrefois, il y a des siècles, le monde était divisé en deux parties irréconciliables. Un dieu, jaloux comme un fiancé, gardait la bien-aimée à l'ombre de son aile, «du bon côté des choses». L'enfant grandissait dans l'insouciance. La nuit était si vaste et si pleine en ce temps-là que, chaque matin, il fallait réinventer l'univers. Heureusement, le dieu de Tinamer ne fermait jamais l'œil. Au lever du soleil, on le retrouvait, «la barbe longue, drapé dans ses guenilles [...] les pieds tout mouillés de rosée». Il avait scruté les signes dans le ciel et sur la terre. De sa voix prophétique, il pouvait annoncer qu'aujourd'hui «serait une journée de beurre et de miel».

Tinamer a grandi. Son dieu l'a abandonnée à son indifférence et à sa suffisance. Sortie du beau conte inachevé que Léon de Portanqueu avait inventé pour «la prunelle de sa vie, son petit phare, son bel amélanchier», Tinamer ne se reconnaît plus. Elle ne se voit *même plus. «Je sens mes yeux, mais ces yeux ne me montrent que de vagues signes de ma présence.» La petite fille prodigue se prend à regretter la maison de son père. N'a-t-elle pas lancé un peu vite «les bouledozeurs en arrière de la maison, dans le petit bois enchanté et bavard»? Elle pleure, Tinamer, et la figure inconsolée de son père lui apparaît dans son désarroi. N'avait-il pas deviné, lui, qu'un jour elle pleurerait?*

Sans doute avait-il deviné aussi que, après avoir longtemps erré dans les rues de la ville grise et traversé tant et tant de nuits stériles, «la reine de Saba du bon côté des choses» finirait par rentrer dans ses terres. Ce jour-là, Léon de Portanqueu donnerait des ordres pour qu'on sorte du placard «sa vieille robe de chambre»; il appellerait le fidèle Bélial. Tous deux se mettraient en marche pour aller à la rencontre de l'enfant perdue et retrouvée, de la petite fille morte en train de revenir à la vie.

Voici que sur les pas de Léon de Portanqueu, le beurre et le miel se répandraient de nouveau sur la terre du jardin; les arbres, les arbustes et les arbrisseaux reprendraient leurs conversations interrompues et l'amélanchier — ah! l'amélanchier! — ferait signe à toutes les fleurs blanches du sous-bois en leur tendant son échelle. Bientôt, monsieur Northrop surgirait. Tirant sa montre de la pochette de son gilet, il pourrait s'écrier, sans crainte de se tromper: «Ouhonnedeurfoule-dé! Ouhonnedeurfoule-dé!» Sur la plus basse branche d'un arbre, le loriot se poserait, prêt à lancer son chant vers la voûte du «palais de cristal», au moment précis où apparaîtrait la reine du «bon côté des choses», l'inoubliable et inoubliée Tinamer de Portanqueu.

Juchée sur les talons hauts de son dédain, elle était partie vers Babylone. Léon de Portanqueu avait entendu son petit rire pincé de demoiselle et tout le bois étonné s'était tu subitement. Elle rentre, pieds nus. Son sourire est triste, presque désabusé. Elle se dirige tout droit vers la «grande bête affectueuse et répugnante» qui, il y a des siècles, fut son idole. Léon de Portanqueu ouvre ses bras. Tinamer n'aura même pas le temps de demander pardon. «Recroquevillée, heureuse, toute frissonnante» de la chaleur de la grande bête, «elle perd pied, tombe dans le noir et se retrouve dans ses bras».

Tinamer a vaincu l'oubli. Au bout de sa folle équipée, elle a retrouvé son pays et, avec lui, le secret de la première enfance. À sa grande surprise, à chaque page du texte qu'elle a rédigé, elle a entendu une «longue peine antérieure» reprendre souffle en même temps que la petite fille se mettait à respirer; elle a senti l'effort collectif se regrouper dans sa main hésitante. Au bout de son récit, elle peut enfin écrire que l'enfance, c'est «l'âge d'or abîmé qui porte tous les autres, dont l'oubli hante la mémoire et la façonne de l'intérieur de sorte que par la suite, sans qu'on ait à se le rappeler, on se souvient par cet âge oublié».

Jacques Ferron a eu beau confier à sa jeune héroïne la rédaction de l'Amélanchier, il n'a pu empêcher sa propre plume de polémiste, «che naso brutto», de projeter des ombres étonnantes, ici et là, dans ce merveilleux livre d'images. «Les adultes, vilains comédiens jouant toujours le même rôle, ne comprennent

*pas que l'enfance est avant tout une aventure intellec-
tuelle où seules importent la conquête et la sauvegarde
de l'identité, que celle-ci reste longtemps précaire et
que, tout bien considéré, cette aventure est la plus dramatique de l'existence. Les cabotins l'ont oublié et
font des livres stupides pour avantager le petit rôle de
leur minable personnage.»* Ce passage n'est certes pas
le seul dans lequel on peut voir la longue plume de
l'auteur de Papa Boss s'agiter au-dessus du bec de la
«gentille bécasse». De nombreux sursauts rhétoriques
de la rêveuse Tinamer sont provoqués par la grande
plume agaçante qui ne lui laisse pas de répit.

    Tinamer ne peut guère se plaindre de la présence
de ces ombres dans son texte. Ne donnent-elles pas un
relief inattendu à ses souvenirs d'enfant en accentuant
les contrastes d'un univers dont l'éclat, en éblouissant
la mémoire, aurait laissé la narratrice et son lecteur
ravis, mais inchangés? D'ailleurs, parce qu'elle choisit
la voie de l'écriture pour revenir hanter le paradis
déserté de son enfance, Tinamer, qui s'improvise écrivain, doit accepter les règles d'un jeu qui la dépasse.
Pourtant, cette nouvelle aventure ne ressemble-t-elle
pas étrangement à la passionnante histoire dont, en
même temps que son père et sa mère, le chien Bélial et
les trois chats Bouboule, Jaunée et Thibeau, elle fut
jadis à la fois un personnage, un figurant et un témoin?
La petite fille mettait volontiers sa main dans la longue
main magique de Léon de Portanqueu quand elle s'en-
gageait dans le bois enchanté; la grande Tinamer
accepte maintenant que sa main de narratrice soit prise
en charge par la main déroutante du romancier invisible. Habile au jeu des ombres chinoises, Ferron, le

prestidigitateur, se plaît à conduire sa pupille parmi l'ambiguïté de ses propres signes.

La recherche que Tinamer entreprend sur son enfance, sa famille et son pays constitue l'aspect le plus visible du projet du romancier. C'est la pointe de l'iceberg, la pointe du glaive éblouissant que porte Jean-Louis Maurice, le petit ami aveugle, chargé de monter la garde à la porte du paradis de l'enfance. Depuis un quart de siècle, ce thème a captivé tous les lecteurs qui ont considéré l'Amélanchier comme un roman initiatique et comme un roman d'apprentissage.

Mais il est un autre aspect du beau conte de Tinamer qui semble avoir été, sinon occulté, du moins peu exploré jusqu'ici. Sur les pas de Tinamer, partie à la conquête périlleuse et exaltante de son identité, ne lâchant pas sa petite narratrice d'une semelle, le romancier Jacques Ferron a entrepris de retourner, lui aussi, au pays des commencements, à cette terre extraordinairement féconde dans laquelle a pris racine, a grandi et continue de fleurir la grande girandole de son œuvre.

L'Amélanchier, *c'est, dans tous les sens de l'expression, le livre des origines: celles de l'enfant Jacques Ferron — les commentateurs n'ont pas tardé à le reconnaître —, autant que de ses propres enfants, des générations qui l'ont précédé, de sa nation et même de l'humanité tout entière. Mais il y a plus. Quiconque lit avec attention et ferveur ce conte inspiré s'enfonce très tôt, avec Tinamer, en un lieu privilégié où toutes les racines se rejoignent. Cet espace-là, quand on s'appelle Jacques Ferron, l'on se rend vite compte, tout «mécréant que l'on soit», qu'il est un espace sacré,* «capable de jouer de bons tours au temps en le replantant comme du blé». De là à vouloir se faire complice des commencements et des recommencements... «Si un père n'est plus capable de présenter le monde à son enfant comme l'expression de sa volonté, c'est bien simple, il ne faut plus faire d'enfants.» Et Léon de Portanqueu de réinventer la genèse pour l'usage personnel de sa petite fille; de séparer, non pas la terre d'avec les eaux (Léon refuse de remonter plus loin qu'au déluge), mais bien le bon et le mauvais côté des choses, d'appeler la lune à régner sur l'œuvre de ses mains, de bousculer les époques de l'histoire; de faire se rencontrer, au vingtième siècle, dans un petit bois de Longueuil, un pauvre abbé du Bas-Canada et un «Anglais de nation et de profession» qui fut jadis un lapin.

L'audace du romancier ne s'arrête pas là. Il y a, du mauvais côté des choses, des êtres que la bêtise humaine a voués aux ténèbres. Ainsi, au Mont-Thabor où il travaille comme geôlier, le père de Tinamer s'occupe d'un petit garçon aveugle qui risquerait, sans lui, de mourir un jour désespéré. Pour cet enfant, Léon de Portanqueu ira jusqu'à relancer le ciel et l'enfer sur la terre. «Que Dieu soit dans le grenier et Satan dans le caveau! [...] Bon, leur avait dit Léon de Portanqueu, esquire, mais restez bien tranquilles maintenant; vous ferez de la figuration, on a besoin de vos locaux, c'est tout.»

Pourquoi le père de Tinamer s'attache-t-il au jeune aveugle au point de faire de lui un fils et de l'entraîner vers le bois enchanté dont sa fille et héritière légitime s'est volontairement exclue en s'exilant du

mauvais côté des choses? Pour des motifs humanitai-
res? Si l'on souhaite comprendre un peu mieux la con-
duite du gardien de Coco, il faut interroger le tableau
généalogique des de Portanqueu. Sur cet arbre fantai-
siste, aussi théâtral que l'amélanchier, se produisent
des mutations étonnantes. De Gélineau en Gélinas en
Bellemare en de Portanqueu en Ferron, l'arbre, bien
enraciné, pousse ses branches aussi bien du côté du réel
que du côté de l'imaginaire. «[...] les Ferron, en plus
de semer le blé français et le sarrasin, se firent fabuleux
pour donner regain à un vieil héritage, relancer le
conte et la chanson qui font partie des nécessités de la
vie. Dès lors, tels les Gélinas pour les Bellemore, rien ne
les empêchera d'avoir leurs vantards, leurs glorieux, et
de faire souche des de Portanqueu...» À travers les
yeux de Léon de Portanqueu, le père désormais incom-
pris de Tinamer, n'est-ce pas le romancier Jacques Fer-
ron qui reconnaît en Coco, le jeune aveugle, ce lecteur
inespéré, qui est un autre lui-même, ce lecteur incondi-
tionnel et exigeant que cherche inlassablement tout
romancier «qui n'est pas un cabotin»? Ce lecteur-là se
défie lui aussi d'une raison qui ne saurait lui être plus
utile que les yeux éteints de l'aveugle. Comme le
romancier, il s'en remet lucidement et aveuglément au
pouvoir de son intuition.

Ayant découvert sur les mains du jeune aveugle
les signes de l'infaillibilité, Léon de Portanqueu n'hé-
site pas à confier à Coco la clef d'or et la clef de fonte.
Car ses mains, Coco, l'enfant incestueux, les a héritées
de ce même dieu étrange et caché qui a inventé, pour
Léon de Portanqueu et sa bien-aimée Tinamer, un

*«bois aéré, enchanté et bavard» qui est un véritable
paradis, un amélanchier qui est un arbre de vie, et un
loriot, véritable Esprit-Saint, capable, par ses roulades
hardies, glorieuses et éclatantes, de plonger dans l'ex-
tase une petite de cinq ans.*

*Encore sous le choc de la découverte des mains
magiques de Coco, Léon de Portanqueu, le prophète
jamais à court d'images du dieu Ferron, brosse — à
son insu? — un portrait saisissant de la main du
romancier. Du même coup, il invente l'une des défini-
tions les plus justes et les plus fécondes de la création
littéraire: «Ces deux portes auront deux serrures, l'une
d'or, l'autre de fonte, et tu tiendras dans ta main,
Coco, dans ta belle main de clarté qui a un œil à chaque doigt, dans ta main infaillible, tu tiendras les deux
clefs qui les ouvrent...»*

*Dans sa descente au pays des origines, Tinamer a
rencontré bien des ombres étranges qui lui ont fait des
signes. Ces figures étaient masquées. Tinamer s'est
bien gardée d'arracher les masques. Elle a suivi les
ombres. Elle a retrouvé son chemin. Tandis que la
petite bécasse s'envole au-dessus de l'arche pour ne
plus revenir, parce que les eaux désormais se sont reti-
rées, la Tinamer de vingt ans termine son récit. À l'instar de Léon de Portanqueu, le romancier la laisse à sa
solitude. À sa solitude? Le petit garçon mal aimé,
l'ange, ne continue-t-il pas de monter la garde à la
lisière du bois? Sur la main de cet ange, et sur la main
de Tinamer, subsiste l'empreinte de l'autre main, celle
du romancier. En même temps que sa Tinamer, Jacques Ferron s'est engagé dans l'exploration du jardin*

et du bois primitifs où fleurit l'amélanchier et chante le loriot. Tinamer a retrouvé le secret de sa première enfance et, partant, de son pays. Au romancier, le secret de son art a été dévoilé. Par surcroît.

*Ainsi, chaque fois que réapparaît l'*Amélanchier*, la grande et la petite main s'appellent, se rejoignent et se recouvrent l'une l'autre. La merveilleuse aventure, alors, peut recommencer. Autour de chaque lecteur, l'espace redevient magique qui replante le temps comme du blé. Léon de Portanqueu, Tinamer, Coco et… Jacques Ferron se remettent à vivre; la constellation des de Portanqueu se rallume. Des yeux se sont peut-être éteints; d'autres clartés se font jour. À travers les ombres qui hantent le livre, «la belle main de clarté» de l'écrivain «qui a un œil à chaque doigt» continue de guider Tinamer, Coco et ceux qui leur ressemblent; elle leur confie la clef qui donne accès au «bon côté des choses».*

GABRIELLE POULIN

Avant-propos

L'*Amélanchier* est sans doute celle des œuvres de mon père qui m'a le plus touchée. Il faut dire que le cadre évoqué par Tinamer dans le récit est celui qu'il avait créé pour notre enfance: en 1956, la maison du domaine Bellerive avait été choisie parce qu'elle se trouvait en bordure d'un bois, exacte réplique de celui qui est décrit dans le livre, et mon père s'empressa par diverses plantations de nous cacher à la vue de la rue. Cette barrière de cèdres, de vinaigriers, d'érables et de peupliers devint bientôt si dense qu'il arriva à un ami de s'y perdre en quittant la maison. Le bon et le mauvais côtés des choses existaient donc, de même que le clan des de Portanqueu qu'il avait inventé pour nous et qui doublait notre famille en l'agrandissant, incluant chiens, chats et amis.

J'ai longtemps été sa première lectrice: en effet, au printemps 1969, alors qu'il venait de terminer *le Ciel de Québec*, ma mère, qui avait été jusque-là sa copiste attitrée, déclara forfait. Il demanda donc à l'une de ses patientes de dactylographier cet imposant manuscrit. Elle lui rendit un document qui n'avait plus rien à voir avec le texte original. Nous n'en fûmes pas surpris: depuis qu'il avait trouvé un relieur qui avait massacré de fort belles éditions de livres anciens, nous n'avions que peu de confiance dans la main-d'œuvre qu'il recrutait.

J'avais quinze ans, un grand besoin d'argent de poche, il me proposa donc d'effectuer le travail. Et c'est ainsi que je devins sa copiste et que je le demeurai au long des années. Je n'avais aucune formation en ce sens et si je parvins, grâce à une méthode d'apprentissage, à acquérir la maîtrise du clavier et une certaine célérité, le fait qu'une virgule soit placée ici ou là, ou même qu'un mot en remplace un autre, n'avait pour moi qu'une importance relative. Cette carence dérangeait assez peu mon père pour qui le travail de préparation à l'édition était une étape ennuyeuse et qui était fort heureux d'avoir réglé une fois pour toutes la délicate question du secrétariat.

C'est ainsi qu'en 1970 j'ai tapé le manuscrit de *l'Amélanchier*. À l'automne de 1985, quand Jacques Lanctôt proposa une nouvelle édition de l'œuvre dans une collection de poche — les tirages étant tous épuisés —, j'étais donc fort consciente de la nécessité de rétablir le texte original en revenant au manuscrit et aux épreuves, de façon à éliminer les modifications qui étaient de mon cru. Cette «restauration» est maintenant chose faite pour *l'Amélanchier*; elle reste à faire pour les autres œuvres de Jacques Ferron.

MARIE FERRON

À Jean Marcel

Les amélanchiers mériteraient
d'être cultivés à cause de leur beauté
au moment de la floraison et de l'attrait
qu'ils exercent sur les oiseaux.

LE R.F. MARIE-VICTORIN

CHAPITRE PREMIER

Je me nomme Tinamer de Portanqueu. Je ne suis pas fille de nomades ou de rabouins. Mon enfance fut fantasque mais sédentaire de sorte qu'elle subsiste autant par ma mémoire que par la topographie des lieux où je l'ai passée, en moi et hors de moi. Je ne saurais me dissocier de ces lieux sans perdre une part de moi-même. «Ah! disait mon père, je plains les enfants qui ont grandi en haute mer.» Fin causeur et fils de cultivateur, il se nommait Léon, Léon de Portanqueu, esquire, et ma mère, ma douce et tendre mère, Etna. Je suis leur fille unique.

Mon enfance je décrirai pour le plaisir de me la rappeler, tel un conte devenu réalité, encore incertaine entre les deux. Je le ferai aussi pour mon orientation, étant donné que je dois vivre, que je suis déjà en dérive et que dans la vie comme dans le monde, on ne dispose que d'une étoile fixe, c'est le point d'origine, seul repère du voyageur. On est parti avec des buts imprécis, vers une destination aléatoire et changeante que le voyage lui-même se chargera d'arrêter. Ainsi l'on va, encore chanceux de savoir d'où l'on vient.

Il y avait par derrière la maison, à l'extrémité du

jardin, un bois de repoussis, parsemé de petites clairières, à mi-chemin entre la futaie et le taillis, qui s'étendait sur toute une longueur de terre et quatre ou cinq
arpents de largeur; aéré, bavard et enchanté, il le de-
meura aussi longtemps que j'ignorai ses limites et les
miennes. Seule, je ne m'y aventurais guère, craignant
de me perdre, mais avec mon père, je ne m'inquiétais
plus de rien. Nos promenades étaient sans fin et le bois
ne me semblait pas avoir d'autre issue que celle du
retour qui, immanquablement, nous ramenait à la
maison par les mêmes sentiers que nous avions pris
pour nous en éloigner. Nous profitions des premiers
jours de mai, avant la maringuouinaille, quand le
sous-bois fleurit le ciel du printemps, et après, des
semaines et des mois du bel automne, quand l'été n'en
finit plus de mourir à tous les étages. Le frêne, discret
dans ses couleurs, prédominait. Il y avait aussi des
ormes, trois espèces de chênes, des bouleaux, des
érables, quelques tilleuls, des nerpruns, des charmes,
des cornouillers et des aulnes. Sur le pourtour des clairières se pressaient l'amélanchier, le sumac et deux
cerisiers qui donnaient, l'un des merises, l'autre des
cerises; au milieu poussait l'aubépine, pionnière des
reboisements. Tous ces arbres, arbustes, arbrisseaux
avaient un langage et parlaient à qui voulait les entendre. Le cornouiller menaçait de ses harts rouges les
mauvais enfants. Le bouleau, ne voyant que ses branches et leurs feuilles, brunes et vertes, disait qu'il
aurait préféré être blanc. Dans les coins sombres,
l'aulne dénonçait l'humidité d'une voix sourde et
jaune. De fait, si l'on n'y prenait pas garde, on se

mouillait les pieds. Le plus extraordinaire de tous était l'amélanchier.

Dès le premier printemps, avant toute feuillaison, même la sienne, il tendait une échelle aux fleurs blanches du sous-bois, à elles seulement; quand elles y étaient montées, il devenait une grande girandole, un merveilleux bouquet de vocalises, au milieu d'ailes muettes et furtives, qui annonçaient le retour des oiseaux. Monsieur Northrop, ayant déboutonné son veston, tiré sa montre de la pochette de son gilet et regardé l'heure, pouvait dire dans sa langue forestière, et sans crainte de se tromper:

— Ouhonnedeurfoule-dé! Ouhonnedeurfoule-dé!

Durant une petite semaine, on ne voyait ni n'entendait que l'amélanchier, puis il s'éteignait dans la verdure, plus un son, parti l'arbre solo, phare devenu inutile. Le bois se mettait à bruire de mille voix en sourdine, puis le loriot chantait et mon père disait à propos de l'amélanchier qu'il s'était retiré: «Laissons-lui la paix: il prépare sa rentrée d'automne.» L'été se passait et que trouvions-nous? Quelques baies noires rabougries, laissées par les oiseaux, et un amélanchier content d'avoir écoulé son stock de minuscules poires pourpres avant notre retour, premier à avoir ouvert la saison, premier à la fermer, qui disait:

— Tout est vendu, revenez l'année prochaine, mais de préférence avec des ailes.

Avec des ailes? Nous restions là, devant lui, interdits. Il ajoutait:

— Allez, allez, le chêne vous attend: il lui reste des glands.

Monsieur Northrop le nommait saskatoon, cet
arbre désinvolte et moqueur, de combine avec les
oiseaux, qui ne nous avait pas en très haute considération nous parlant comme à des cochons. Mon père,
Léon de Portanqueu, esquire, se penchait alors vers
moi:

— Hélas! Tinamer ce sont des choses qui arrivent
dans les forêts.

Nos arbres en général étaient bien portants et sem-
blaient satisfaits de leur sort, qu'ils fussent gens de
broussaille comme l'aulne, de petit repoussis comme le
cornouiller, de théâtre comme l'amélanchier, ou peuple grégaire comme le frêne, ou mât de solitude comme
le grand tilleul aux larges feuilles, car, s'étant arrangés
entre eux pour se partager le terrain à leurs goûts et
convenances, ils n'avaient guère raison de se plaindre.
Seule l'aubépine trouvait à redire contre le reboisement dont elle avait été le premier artisan, quand celui-
ci lui remplissait ses clairières après ses friches, le faisant
passer de l'air libre au confinement, de la lumière au
clair-obscur; seul trouvait à en souffrir le pommier. Le
bois bavard et enchanté, vantard aussi, voire un peu
méchant, prenait son avantage à tout; avec l'aubépine
il disait: «Voyez, nous avons déjà été cultivés» — ce
que montraient déjà les rigoles d'égouttement dont les
sentiers rectilignes suivaient la trace, de même que les
longs murs d'épierrement, interminables vestiges
d'une peine perdue... Puis le bois se mettait à rire pendant que l'aubépine continuait: «Gare à mes pointes!
N'approchez pas, je suis armée; n'approchez pas, je
suis fâchée», reprenant contre ses congénères sa mise
en garde aux moutons et aux vaches, une mise en garde

qui ne valait guère mieux que ses épines contre le
feuillu, c'est-à-dire absolument rien, et dont le bois se
riait justement. Quant au pommier candide et sans
défense, il étouffait tout simplement et le bois enchanté, bavard et méchant, feignant de gémir avec lui,
disait:

— Voyez, voyez nous avons... avons été... habi-
tés.

Oui, sans doute, mais par qui? Je pensai d'abord
à un personnage familier, vieux monsieur tout frisotté,
le nez rond et le visage empreint de la plus grande satisfaction. Chaque fois qu'il m'apercevait, nonobstant
son âge et le mien, il me saluait comme une dame ou
une grande demoiselle, galant et cérémonieux autant
qu'un Anglais peut l'être quand il s'y met, avec une
maladresse infinie et touchante. C'en était d'ailleurs
un.

— Oui, ma petite dame, ne suis-je pas malheureux?

Il se nommait Monsieur Northrop. Malheureux,
comme je l'ai dit, il n'en avait pas l'air.

— Mon air! On me parle toujours de mon air! Eh
bien, petite dame, on a tort; c'est l'air de mon nez
rond, de mes cheveux frisottés, de ma peau rose, de ma
santé, de tout, sauf le mien.

Je crus qu'il hantait le bois parce qu'il l'avait
habité jadis, avant la friche, la fardoche et le repoussis, aux temps ensoleillés de son enfance, parmi les
champs et les vergers, et qu'il venait réconforter les
pommiers avec qui il aurait eu partie liée, même souffle, même vie. Je supposais qu'il leur disait: «Courage,

pauvres pommiers! Voyez, nous n'avons guère meilleure respiration que vous et pourtant nous sommes en excellente santé.» Je supposais même qu'alors il esquissait quelques pas de danse. L'automne venu, il semblait absolument ravi, lui déjà satisfait, quand il avait ramassé une demi-douzaine de vieilles pommes piquées. Et le bois moqueur s'écriait sur son passage:

— Ouhonnedeurfoule-dé! Nous sommes encore productifs!

Mais Monsieur Northrop me suppliait de n'en rien croire: «Je suis au contraire tout aussi désolé.»

— À cause de vos pommes?

— Non, ma petite dame, parce que je suis Anglais.

— Est-ce un si grand malheur?

— Oui, me répondit-il, car Daniel de Foe a eu raison d'écrire que le bouledogue est hardi, prêt à tout, mais nullement généreux: c'est la vérité.

Le vieux gentleman me quitta sur cet aveu, mais bientôt il s'arrêtait, à quelques pas de moi, le dos tourné, comme un écolier en pénitence. Il en profita pour grignoter ses p'tites pommes surettes. Quand il les eut finies, il entra tout bonnement dans le fourré et disparut de mes yeux. Sa repentance ne m'avait pas édifiée. Lui, ancien agriculteur? Je commençais à en douter.

Je ne pouvais aller dans le bois sans le rencontrer. À peu près chaque fois, il tirait une grosse montre de la pochette de son gilet, la consultait avec la même satisfaction, chaque fois, en refermant le boîtier et prenait soin de s'arrêter afin de s'assurer qu'il la remettait dans sa pochette; cela fait, il ne repartait pas pour autant, vérifiait chacun des boutons de son gilet, refermait son veston et restait là planté comme s'il n'eût plus su où il allait. Un jour que j'accompagnais mon père, il me demanda ce qu'il m'en semblait. Je lui répondis que sa montre lui avait rappelé qu'il n'était pas pressé.

— Ce n'est pas ça, dit mon père.

— Alors je suppose qu'il l'a regardée parce qu'il ne savait pas où aller.

— Ma fille, un Anglais sait toujours où il va.

— Même Monsieur Northrop qui, sous des dehors de satisfaction, est malheureux de l'être au-dedans de sa personne, très profondément?

— Même Monsieur Northrop. Son malheur d'être Anglais ne prouve pas qu'il soit malheureux; par contre, il établit hors de tout doute qu'il est Anglais.

C'était incontestable.

— Si donc il l'est, il n'a qu'un seul souci, celui de garder le nord pendant la vie et même après la mort, de ne jamais s'égarer sur terre, sur mer et dans le ciel, *amen*.

Ainsi parla mon père, Léon de Portanqueu, esquire. Autour de nous, le bois se tenait coi, sidéré par cette argumentation et par le fait que nous nous étions arrêtés nous-mêmes. Seul Monsieur Northrop était reparti sans qu'on ait su pourquoi.

— Les enfants anglais, reprit mon père, sont très sérieux. Jouent-ils aux quatre coins, il s'en trouve toujours un qui se nomme Alfred East, Timothy West, Will South ou Henry North. Très sérieux et très conséquents. S'il leur arrive de rire, c'est pour des raisons que les autres enfants ne comprennent pas, en rapport avec l'orientation. On croit qu'ils rient pour rien, on se trompe, car s'ils personnifient les points cardinaux lorsqu'ils jouent aux quatre coins, seuls au monde à le faire, c'est qu'ils savent, pauvres enfants, qu'ils deviendront marins et qu'un marin ne peut pas tenir la barre du gouvernail sans que l'Empire ne le regarde. Alors tu peux être certaine, Tinamer, que Monsieur Northrop qui, à leur âge, était sans doute déjà mousse, ne consulte pas sa montre parce qu'il ne sait plus où aller.

J'étais assise sur une éminence terreuse, taupinière désaffectée entretenue par les fourmis. Je me levai en m'écriant: «Mon père!»

— Ma fille?

— Au lieu de palabrer, dis-moi pourquoi.

Alors mon père m'apprit cette chose considérable, à laquelle de moi-même je n'aurais jamais pensé, que le vieux gentleman frisotté avait un tic de lapin du fait qu'il l'avait déjà été avant de devenir un Anglais en apprenant la géographie... Je me laissai retomber sur la taupinière.

— Il tire la montre de la pochette de son gilet, en ouvre le boîtier et se souvient de tout, de son existence antérieure au pays des merveilles, de sa sortie du terrier, de la beauté des institutions britanniques, institutions auxquelles il a pu accéder grâce au fair play, complément du jeu des quatre coins et de la rédemption par les nègres du Colonel Jack, et il est content, content, content, au point qu'il reste là planté, figurant de ce bois enchanté.

CHAPITRE DEUXIÈME

Par mon père, le précité Léon de Portanqueu, esquire, j'appartiens à une célèbre famille du comté de Maskinongé qui a donné à la Patrie un notaire, un avocat-poète, un agronome, six maîtresses d'école et un zouave pontifical, sans compter les cultivateurs, tous grands féodaux. Par ma mère, Etna, ainsi nommée parce qu'elle se fâcha une fois, une seule, mais si fameusement que les jours et les ans, les semaines de résignation, de longanimité et de douceur, ne l'ont pas effacée des mémoires, j'ai deux gouttes de sang irlandais, de la malpropreté et de l'orgueil, je suis de race royale, ce qui n'a jamais été contesté dans le quartier Hochelaga où ma mère a grandi, puînée de trois frères résolus. De ma propre initiative, je me suis fait un frère d'un chien nommé Bélial, des cousins de trois chats, Bouboule, le matou, Jaunée, la chatte, et Thibeau, leur fils, car je me sentais seule d'être fille unique et les trouvais tous aussi dignes que moi de faire partie de la grande famille des de Portanqueu.

Je suis née et j'ai grandi dans le grand faubourg de la petite ville de Longueuil, chef-lieu du comté agricole de Chambly, sur la rive sud du Saint-Laurent, en

face de Montréal. Lors de mes premières années, fort
obscures et confinées, dont j'ai oublié la lactation et
les couches, la lumière plate qui bouchait l'espace et les
trous qu'y pratiquait ma mère pour me faire apparaître la madone qui calmait mes pleurs et me nourrissait,
au-dehors de cet en dedans, à l'extérieur d'une maison
dont l'intérieur représentait des espaces infinis, telle
une galaxie, une incroyable municipalité s'étendait
dans les champs, qui n'avait pas d'aqueduc, d'égouts,
de rues pavées ni de trottoirs. C'était le Farouest dans
la vallée du Saint-Laurent... À la porte de la mairie,
par un bel après-midi de juillet, un centaure, survenu
dans un nuage de poussière, attache son cheval; il n'est
plus déjà qu'un cow-boy, qu'une vedette de cirque qui
s'est arrêté dans le faubourg pour y monter sa tente et
installer la fête foraine, joie des familles, illumination
de la semaine ouvrière. Le cow-boy vient saluer un
collègue à la retraite, Son Honneur Hector Desmarais,
que le goût du public, les regrets laissés par le cirque et
peut-être aussi le fait qu'il soit, nonobstant sa pilosité,
tatoué sur la poitrine, sur les avant-bras et dans le dos,
ont relancé vers la gloire, maire de la cité et roi méro-
vingien. Cette visite mémorable marque la fin d'une
ère. Après avoir signé au Livre d'or, le cow-boy n'a
que le temps de sauter à cheval et de s'enfuir, dernier
centaure, au grand galop: l'asphalte, le béton, le
civisme et la moralité, les gros investissements, les ris-
tournes et le saint bidou béni des Franciscains descen-
dent parmi nous, chassant toute poussière, remplaçant
le burlesque, le saugrenu et la fantaisie par le pareil au
même de la banalité urbaine, suburbaine, pétrolière et
américaine. À partir de ce moment, Bélial, mon frère,

devint un hors-la-loi, du moins par devant la maison, du côté de la rue. Par chance pour lui, pour nous, ce progrès, cette propreté malsaine, cette asepsie policière, cette hygiène officielle du monoxyde de carbone ne traversaient pas la maison; il nous restait en arrière les aises du jardin, le refuge du boisé profond.

Ce domaine, supposément le nôtre, appartenait à Monsieur Petroni, je le sais aujourd'hui. Ce vieil Italien sagace et entêté, dont le vin tournait au vinaigre, se reprenait avec sa terre dont les arpents, puis les pieds carrés, prenaient de la valeur avec les années. Cet individu apparut, un jour, à l'orée du bois, un bâton à la main. Je jouais dans le jardin. Je courus aussitôt prévenir mon père qui se trouvait à la maison ce jour-là, oui forcément car ce jour-là était un samedi, qu'il y avait un homme noir, fâché et redoutable qui voulait lui parler. Mon père mit sa chienne à Jacques, vieille robe de chambre qui lui venait du massacre de Lachine, et sortit dignement drapé dans cette relique. Bélial l'accompagnait. Je restai dans la maison, aux aguets derrière la fenêtre. Ce fut avec appréhension que je les vis s'éloigner. Je ne tardai pas à être rassurée: mon frère, levant la patte, pissait sur le bâton du vieil Italien désarmé, à la fois surpris et amusé.

— *Mé! Mé!* dit-il à mon père.

Mon père le salua de bonne grâce, puis se tournant vers la maison, me cria d'apporter deux petits verres de grenadine. Ce que je fis. Les deux hommes trinquèrent et je rapportai leurs verres. Le jardin de nos voisins était soigneusement clôturé; le nôtre entrait résolument dans le bois.

— On dirait, *ma doué*, que vous en êtes le maître.

— Pardon, répondit mon père, je me contente de l'usufruit. Je n'ai pas eu besoin du fonds — vous pouvez le garder, signor Petroni — pour doter ma fille Tinamer d'un domaine enchanté autrement plus étendu que les vingt arpents de profondeur et les trois de largeur du cadastre où vous continuerez de figurer comme propriétaire. Nous venons justement d'y découvrir un terrier qui serait, nous avons de bonnes raisons de le croire, la demeure d'un squatter anglais, homme futile, absolument ridicule, qui se nomme Monsieur Northrop,

— Allyre-Alexander Northrop?

— Vous le connaissez donc?

— Oui, répondit le vieil Italien, c'est de lui que j'ai acheté ma terre, en 1913... Je le croyais retourné en Angleterre.

— Croyez-vous? Lui, un ancien lapin, pour y être démasqué!

Maître Petroni n'avait aucune notion de la psychologie britannique. Il se mit à rire, prenant mon père pour un sacré farceur... Il faisait un temps magnifique, beau-sec et limpide, qui lui rappelait l'Italie. Ses rhumatismes ne le faisaient pas souffrir; il jeta son bâton au chien.

— Aimeriez-vous qu'on aille vous reconduire?

— Merci, la marche m'a dégourdi; je rentrerai comme je suis venu.

— Dans ce cas, Maître Petroni, on va vous remettre un croûton de pain sec.

Et mon père de crier de nouveau: «Tinamer de

Portanqueu, apporte-nous un gros croûton de pain
sec.»

— Grâce à ce croûton, vous pourrez payer passage aux perdrix et aux bécasses qui, pas très loin d'ici,
occupent un carré de gaulis. Ces volatiles supérieurs,
comme vous devez le savoir, après avoir débauché
poules et coqs des poulaillers de Longueuil, les ont
redomestiqués militairement en compagnies qui montent le guet.

J'apportai le croûton. Mon père me le prit des
mains et le donna à Maître Petroni. Cette fois, il
m'avait retenue. Je l'entendis dire: «Allez, mon pauvre homme, que Dieu, San Antonio, la Madona vous
viennent en aide», et l'Italien de répondre: «Merci,
signor de Portanqueu. Je crois que de ce pain les perdrix et les bécasses seront satisfaites et me laisseront
passer, retenant leur milice de poules et coqs endoctri-
nés, si redoutables au pèlerin solitaire.» Nous quittant
là-dessus, il disparut dans le bois mais pour reparaître
aussitôt, revenant chercher son bâton.

— Merci, Bélial de Portanqueu, merci d'avoir
pissé dessus, lui conférant le pouvoir magique d'as-
sommer les maringouins en vol... Dommage que nous
soyons en octobre! Je m'en servirai l'été prochain...
Merci, gracieuse Tinamer, mille fois merci de m'avoir
pardonné.

Le bâton à la main, comme il était venu, il s'en
retourna cette fois définitivement. Je restai quelque
peu inquiète, ne sachant pas en quoi ni comment il
m'avait offensée.

— Il t'a offensée? dit mon père surpris.

— Oui, répondis-je d'un petit air pincé.

J'ajoutai qu'il valait mieux n'en point parler: ne lui avais-je pas pardonné?

— J'oubliais, fit mon père.

Nous rentrions dans la maison. Sur les entrefaites, Etna nous avait appelés à dîner. Je l'observais de biais: drapé dans sa chienne, il marchait les doigts de pied écarquillés et se regardait faire d'un air appliqué que je trouvais absolument stupide. Au fond, je l'aimais bien. Ce que je ne parvenais pas à concevoir, c'était qu'à son âge, grand comme il était, plus poilu qu'un singe pelé, il couchât dans le même lit que ma mère, incestueusement.

— Qu'as-tu à marcher les doigts de pied écarquillés?

Mon père me répondit qu'il regardait ainsi les brins d'herbe et les fourmis.

— Tu ne pourrais pas le faire autrement?

— Non, car je ne veux pas qu'ils me voient.

— Aurais-tu peur qu'ils rient de toi?

Il prétendit que non, se mettant au-dessus de tout ridicule. Je haussai les épaules. C'était décidément un homme de mauvaise foi que mon père, une brute qui méritait bien son nom de pape, beaucoup plus près de Bélial et de Bouboule que de Jaunée et de ma mère, plus près aussi de moi et peut-être même de Thibeau, hélas! Je me sentais à la fois honteuse et fière d'être sa fille. Il avait partagé le monde en deux unités franches et distinctes qui figuraient le bon et le mauvais côté des choses. Lui seul avait accès à ce dernier, lui seul ne le craignait pas. Quand il s'y trouvait, je l'admirais;

quand il nous revenait, je ne faisais que l'aimer comme une grande bête affectueuse et répugnante.

CHAPITRE TROISIÈME

Le bon côté des choses se trouvait en arrière de la maison, au bout du jardin, dans ce jardin même et dans le bois infranchissable qui le terminait, dont j'aurais ignoré les limites si mon père ne m'avait appris que, dans le ciel de quelques belles et rares nuits, la pleine lune, gardant le mauvais côté des choses sur sa face cachée, le réfléchissait, lui et les lieux auxquels il attenait, de sorte qu'on pouvait par ce miroir en prendre connaissance. L'œil nu n'y suffisait pas; il fallait l'appoint d'une lunette, aussi longue qu'un petit canon, qui nous emmenait l'œil à plus de trois pieds de la tête, dont la magie se conjuguait à celle de la lune, grâce à quoi nous apercevions notre bois bavard et enchanté tout figé et muet au bas de la mer des Tranquillités qui représentait le lac Saint-Pierre, tandis que droit en haut, sur l'autre rive, le comté de Maskinongé s'étendait vers le nord, à l'infini. Et mon père me disait: «Tinamer, quand tu seras grande, avant que je ne sois vieux, nous traverserons le bois, nous franchirons le lac et nous irons vivre tous les deux ensemble dans ce beau comté où je suis né.» Ce que je ne manquais pas de répéter à ma mère.

— Et moi? disait-elle.

— Oh! toi, tu seras si vieille que tu ne pourrais
pas nous suivre; tu resteras avec Bélial et les chats.

Par devant la maison, du mauvais côté des choses,
passait la rue comme ailleurs, rivière grise et morte
d'asphalte refroidi dont la coulée remontait à l'ère ter-
tiaire, époque où ma pauvre mère avait été fillette dans
le quartier Hochelaga, et au volcan, semblable à celui
de l'Etna, qu'avait été alors le mont Royal, depuis
éteint, rapetissé, ratatiné, tellement enfoncé par les
grands buildings qu'il avait peut-être disparu — mais
comment le savoir, malgré sa proximité, étant donné
qu'il se situait sur la face cachée de la lune... La rue
passait donc comme partout ailleurs, bordée par l'infinie succession de ses deux quais parallèles coulés
dans le béton armé pour l'éternité de sorte que les pié-
tons avachis, débardeurs d'eux-mêmes, n'y faisaient
qu'user les semelles de leurs souliers à présent que ces
quais périmés avaient été déclarés trottoirs; elle passait
semblable à elle-même, la rue toujours, toujours re-
commencée sur le parcours d'un labyrinthe, à l'oppo-
site de notre bois familier.

Ce labyrinthe n'était qu'une adaptation de l'ancien, sans grande originalité, seulement plus étendu et
plus hygiénique, recouvrant les égouts, charriant les
autos, fleurant le tuyau d'échappement, le bitume
antédiluvien et le monoxyde de carbone, bâti comme
l'autre pour servir au passage et à la perte des faibles
d'esprit et des enfants aventureux, des chats et des
chiens abandonnés, parfois même de quelque cheval
inattendu, monté par un cardinal léger, tête de proces-

sion de lépreux agitant leurs sonnettes comme à la messe, l'air extasié, sous l'impression de pousser le cheval à la papauté. La rue devant la maison portait le nom de Bellerive, un des centaines et des milliers d'alias du labyrinthe, un faux nom pour compliquer le dédale urbain, suburbain et multimunicipal. La maison elle-même, pourtant unique, qui ne pouvait entrer dans aucune série, y était numérotée neuf-cent-trente et unième selon une convention obligatoire, aussi absurde qu'importune, qui la désignait à l'attention des intrus, solliciteurs, rapporteurs, percepteurs, quêteux sophistiqués, espions déguisés en livreurs, en Témoins de Jéhovah, en Mormons, qui tous déclenchaient les abois de Bélial pendant que les trois chats, avec la plus méprisante indifférence, se détournaient d'eux. Les Témoins venaient nous rappeler le déluge et nous annoncer, après l'eau, le feu, c'est-à-dire la bataille d'Armaguédon, l'atrocité des atrocités et le règne de Dieu. Etna écoutait poliment ces suaves destructeurs, puis les renvoyait avec quelques sous. Les Mormons se contentaient de prétendre béatement que les Mormons étaient en bonne santé. «Tant mieux!» disait Etna. Venaient aussi des agents d'assurance, le poète Pélo de la Christian Science, des frénétiques et des redingotards, des vendeurs d'eau minérale et d'esprit civique, de faux aveugles, des policiers éducateurs, des légionnaires, des bonimenteurs, des bateleurs, des escogriffes, valetaille au service de la corporation, supposément la cité, qui administrait le labyrinthe au profit des créanciers, amerlots comme les missionnaires. Au moins avait-il ceci de bon sur le mauvais côté des choses, ce fameux labyrinthe, qu'ayant coûté très cher, il nous sauvait de GI Joe, du napalm et d'autres missionnaires à béret vert.

Ces gens de rapine et de prière, sous l'égide de Papa Boss, Dieu le père de la Trinité américaine dont Rédempteur Fauché était le fils et le napalm, le Saint-Esprit, ces gens, dis-je, restaient quand même de dangereuses gens. Pendant que le chien aboyait, que les trois chats d'un mouvement concerté se détournaient, je les regardais avec effroi. Pour sa part, Etna, ma pauvre mère, leur faisait bonne contenance, bien obligée, car ces intrus profitaient toujours de l'absence de mon père. Chaque fois qu'ils étaient dans la maison à parlementer, on pouvait voir sur le trottoir, des zouaves saccadés se croiser au pas d'oie, et dans la rue, la police, une voiture pour deux agents, la carabine entre les deux, patrouiller. À tous ces palefreniers du Minotaure, assurément bien organisés, il fallait payer sa quote-part pour l'entretien du labyrinthe, plus une petite obole pour le culte de Papa Boss. «Encore chanceux de s'en tirer avec de l'argent», disait Etna, «autrement il faudrait le faire en nature avec les chats d'abord, puis le chien, avec toi ensuite, ma pauvre Tinamer!»

Ainsi donc, chaque fois que Léon de Portanqueu, habillé comme tout le monde — c'était son déguisement — s'éloignait de la maison, celle-ci se penchait par en avant, du mauvais côté des choses. C'était pour aller gagner de l'argent, pour me sauver, moi, la prunelle de sa vie, son petit phare, son bel amélanchier, moi, Tinamer, la reine de Saba du bon côté des choses, pour sauver aussi Bélial, Bouboule, Jaunée et Thibeau qu'il s'absentait aussi. Je ne me suis jamais demandé comment, cet argent, il le gagnait; je suppose, étant donné qu'il se donnait le mal de s'habiller comme tout le monde, qu'il le volait et je trouve très bien, pour ne pas dire honnête, qu'il en ait été ainsi.

Quand il nous revenait, il ne le faisait pas à moitié, s'empressant de quitter son déguisement et de se mettre à poil, du mieux qu'il le pouvait, pelé par endroits, magnifique quand même, ce qui faisait dire à Etna: «Attention, Léon, on pourrait t'apercevoir de la rue!»

— Crois-tu?

Lui, il n'en croyait rien, ce qui ne l'empêchait pas de se rapprocher de la fenêtre, curieux d'apercevoir qui pourrait l'apercevoir — un fameux voyeur, disait-il. Un fourré de cèdres, d'aubépines et de cornouillers s'était développé devant la maison, qui, sans la rendre plus accueillante qu'il ne fallait, lui masquait à peu près la rue, ses chariots patrouilleurs et ses vilains passants.

— Qu'ils me voient s'ils peuvent, ces vicieux! Ils verront l'ours qui a vu l'ours qui a vu l'ours, qui les a vus trois fois avant qu'ils ne le voient, qui a trois gueules, douze pattes, et se sauveront à l'épouvante.

— En effet, tu n'es pas beau, mon cher.

— Eux, le sont-ils, ma chère?

Etna lui apportait son burnous, sa robe de chambre, sa relique du massacre de Lachine, mais ce n'était pas par décence civique, pour empêcher qu'on le voie au travers du fourré d'accueil; c'était pour me cacher la grande bête affectueuse et répugnante avec laquelle incestueusement elle couchait, chaque nuit. Elle n'avait pas d'autres raisons. La rue, personne ne s'en souciait plus dès que mon père était rentré: le labyrinthe, le Minotaure et ses rabatteurs, le Papa Boss, ses apôtres et ses séides basculaient derrière l'horizon, cul par-dessus tête. La maison se remettait à pencher du bon côté des choses.

Mon père ne se faisait pas trop prier pour engue-niller son singe. Seulement, il disait à ma mère: «Femme de peu de foi, indigne du héros que toi-même tu déshabillais autrefois, qu'as-tu fait de ta main avisée et de tes flammes juvéniles?»

Etna lui répondait:

— Léon de Portanqueu, demande-le au pompier que j'ai épousé. Il m'a si bien éteinte que c'est miracle que ma cuisinière électrique fonctionne encore.

Mon père proclamait que d'Etna elle n'était plus qu'une contrefaçon. Il la considérait longuement, puis disait: «Je me demande au juste pourquoi je te garde.»

— Parce que tu as besoin d'une servante.

Il haussait les épaules et se tournait vers moi: «Tinamer, ne penses-tu pas que nous devrions la ven-dre?» Je me rapprochais alors de ma mère et lui pre-nais la main sans même daigner répondre.

— Du moins, l'échanger pour une neuve?

Ça, non! mille fois non! Rageusement, jalouse-ment peut-être, je m'écriais que j'avais honte d'être sa fille, la fille d'un fou, d'un vrai fou. Oui, j'avais honte. Etna me caressait la joue, la tempe, réconfortée par mon amour, ne comprenant pas que je l'aimais surtout d'être une mère effacée, une femme à laquelle je m'étais habituée, une rivale dont je disposais à mon gré, que je ne craignais plus, tandis qu'avec une autre… Léon de Portanqueu me devinait-il? Ma colère n'avait pas d'autre effet que de le mettre dans une joie bruyante. Oui, j'avais honte de lui, j'avais honte de moi.

— Tais-toi, vilain Turc, grand rastaquouère!

Il n'en riait que plus fort. Je suppliais ma mère de ne pas l'entendre. «Pauvre toi, comme je te plains!» La maison décidément penchait du bon côté des choses. Seul ce côté comptait. L'autre n'était plus là, caché par la fenêtre, envahi par le fourré, escamoté, repoussé derrière mille cloisons successives, tranchantes comme des lames de rasoir, mis en petit tas, coupé en morceaux dans le coin perdu d'une chambre à débarras, derrière la haie d'un dépotoir; tombé au fond d'un puits. Enfin il n'y avait plus trace de son règne. Les chats ronronnaient. Le chien dormait, la tête sur ses pattes allongées. Etna soupirait, résignée à son bonheur obscur. Mon enfance était entière et radieuse.

Le soir venu, lorsque mon père monta son télescope dans le jardin, il me dit: «Tinamer, est-ce que tu vois la lune?» Elle sortait des feuillages, toute ronde, ébahie d'être plus grosse que le soleil. Je la voyais, bien sûr. Elle montait sans bruit dans le ciel, à vue d'œil. Je me taisais: pourquoi aurais-je répondu à sa question? Plus elle montait, plus elle s'éloignait et diminuait de volume. Mon père me dit: «Lorsque la lune est pleine, peut-on penser qu'on en voit que la moitié?» Je continuai de me taire. Il avait fini d'ajuster ses lentilles et voyait à présent la mer des Tranquillités, le bois, le jardinet, à côté de lui-même, sa petite fille muette, les pieds dans la rosée.

CHAPITRE QUATRIÈME

Il se faisait tard, la lune continuait de refroidir la soirée. Jugeant que j'en savais assez, mon père me prit: «Viens que je te monte dans ton lit.» Recroquevillée, heureuse, toute frisonnante de sa chaleur, je perdis pied, tombai dans le noir et me retrouvai dans ses bras. Pour ne pas retomber, je le pinçai, il devint attentif: je lui répétai ce qu'il venait de me montrer, la mer des Tranquillités, le comté de Maskinongé, la réplique du lac Saint-Pierre, le rectangle tout en hauteur qui faisait pendant à notre bois sur la rive opposée. J'avais parfaitement compris, il me dit: «Tinamer, tu es très ingelligente, je suis fier de toi.» Alors quand je l'entendis, je me mis à pleurer, il crut que j'étais fatiguée, c'est vrai que je l'étais mais je ne pleurais pas pour ça, il mêlait tout, il ne comprenait rien, il n'était pas très intelligent; je pleurais parce que je n'avais pas lieu d'être aussi fière, sur le point de rechuter, cette fois pour de bon dans le noir de la nuit et de tout oublier. Je le pinçai de nouveau, le plus fort que je pus, il fit: «Quoi?» Je le trouvai trop curieux. Je le pinçais pour me retenir parce que je me sentais glisser. Je crus l'entendre dire: — Tinamer, serais-tu moins intelligente que je ne le pense?

Je me suis retrouvée dans mon lit, bien couverte, déjà bordée. Il avait émis sa supposition au-dessus de moi comme un grand Polichinelle sorti de l'ombre. Je ne pleurais plus, je souriais, à moitié engourdie, résignée à l'endormissement qui montait; à peine ai-je eu le temps de lui faire savoir, oui Monsieur, Monsieur de Portanqueu, je suis très intelligente, peut-être moins que moi-même mais beaucoup plus, beaucoup beaucoup plus que toi... Déjà je dormais. Il est redescendu perplexe et amusé, n'ayant rien compris, bien entendu. Moi, de mon côté, comme je l'avais prévu, j'ai tout oublié, c'était la raison de mes larmes, tout oublié ce que j'avais appris. La nuit a passé l'éponge soigneusement. Quand elle s'en va, il me reste un grand vide, c'est le blanc pur qui dégorge du noir et du gris, de quoi éclaircir le matin, creuser la nouvelle journée.

Je me suis levée, toute songeuse, et je suis descendue sans bruit dans la cuisine où ma mère Etna, penchée sur ses feux, prépare du gruau. Encore mal éveillée, elle ne m'a pas aperçue. Le gruau prêt, elle le partage en trois assiettées, la petite pour moi, la moyenne pour elle et la grande pour lui, mon père, pour Léon de Portanqueu qui, sur semaine, habillé comme tout le monde, ni vu ni connu, est déjà parti quand on se lève et ne déjeune pas par conséquent à la maison. J'ai entendu le bruit de vaisselle mais n'en ai pas compté les morceaux, comme j'aurais pu le faire, de sorte que je ne me souviens pas qu'hier était un vendredi. Je ne veux rien entendre et je reste là, assise, à m'affliger de ma mémoire, si courte que d'elle-même elle ne traverse jamais la nuit, à penser que tout est à

recommencer chaque matin et qu'à ce compte vivre n'est guère profitable. Plus creux d'un jour à l'autre de tous les jours que j'ai oubliés, le jour s'agrandit à mesure que je vieillis. Si je grandis moi-même, il me rapetisse d'autant. Je ne serai jamais qu'une enfant. Je me le répète, cela m'obsède et je n'ai pas cherché à compter les couverts. Par contre, quand Etna est sortie de la cuisine pour monter à ma chambre, je n'ai pu m'empêcher de penser qu'elle n'y trouverait pas de cheveux à soulever, une oreille à chatouiller, à qui souffler affectueusement comme à l'accoutumée:
— Tinamer, encore une fois tout est à recommencer, le jour, la vie. Bonjour, donc, bonne vie, donc, Tinamer de Portanqueu. Allons, lève-toi, Tinamer: pour le moment ton déjeuner est prêt, il t'attend... Voilà ce qu'elle est montée me dire et qu'elle ne me dira plus en redescendant, car elle ne m'affectionne et ne me cajole que dans mon sommeil, presque à mon insu. Lorsque je la regarde, elle n'ose plus.

Je l'entends ouvrir la porte de ma chambre. À ma place, dans le lit, le chien lève la tête. Elle ne lui dira pas sa surprise, elle ne lui demandera pas de mes nouvelles, certaine qu'il ne répondrait pas. Etna n'est pas une personne à se faire des histoires de tout et de rien. Elle dit qu'elle n'a pas de temps à perdre, plus soucieuse que joueuse, toujours pressée à faire les choses simplement, dormant quand elle dort, n'en profitant même pas pour rêver. Elle se borne par devoir et trouve qu'elle n'en mène pas large. Mon père prétend qu'elle n'est pas chrétienne alors que lui, mécréant comme pas un, le serait et grandement parce qu'il rêve autant qu'il ronfle, la nuit, qu'il ne perd jamais une occasion, le jour de fabuler, de plaisanter et de rire.

Ma mère Etna est revenue dans la cuisine, un peu vexée, c'était à prévoir.

— Tu aurais pu me dire que tu étais là!

— Tu aurais pu m'y voir, j'étais visible et tu n'es pas aveugle.

Bonne réponse, elle encaisse. Seulement elle n'y trouve pas son compte, calculant que si je lui tiens tête à mon âge, je serai capable de la battre quand je serai grande.

— Tinamer, t'es-tu brossé les dents?

Je la mordrais.

— Oui, maman.

Ma petite voix fluette lui donne un regard fauve, aussi jaune que mes dents que jamais je ne brosse, le matin. Quand j'ajoute: «Et toi?» elle me mordrait, je le vois. Après tout, elle est ma mère, je suis sa fille, il faut bien que nous ayons des ressemblances. Quelques différences aussi: par exemple, elle est franche, tandis que moi, moi...

Cette escarmouche ne trouble pas le déroulement du matin, le lever du soleil, le déjeuner: apprêt sans conséquence, accompagnement aigrelet, premières notes d'un long duo. Etna m'a servie, ajoutant ensuite deux assiettées à la mienne. Deux plats, ç'aurait été la semaine sur la table, trois, c'est samedi ou dimanche. Mon cœur se serre sur le grand vide; j'ai le pressentiment que tout n'est pas perdu de la veille au soir. À défaut de l'avoir dans la tête, ma mémoire commence à faire des petites vagues autour de moi, pour me dire qu'elle est là, pour me dire: «Attends, je vais me souvenir.»

— Où vas-tu, Tinamer?

— Je vais me brosser les dents.

Dieu sait pourtant que je n'aime pas ça, me fourrager dans la bouche, à jeun. Ma mère Etna ne crie pas que j'ai menti; elle est contente, elle sourit. Comme je redescends, dépeigné, la barbe longue, drapé dans ses guenilles, Léon de Portanqueu, le trépied d'une main, de l'autre le canon de son cher télescope, rentre du jardin, les pieds tout mouillés de rosée, déclarant que ça sera aujourd'hui une journée de beurre et de miel.

— En attendant, mange ton gruau pendant qu'il est chaud.

À la vue de son instrument, me rappelant la mer des Tranquillités et le comté de Maskinongé, c'est plus fort que moi, je bats des mains. Mon père, fat comme tous les hommes, croit que je l'applaudis. Il se met à table et commence à nous débiter son rituel du samedi matin, des drôleries éventées qu'il rit d'autant plus fort qu'elles sont devenues plates, plates, plates. Etna me regarde, l'air de dire: — C'est ça, un homme, ma chère. Moi, je pense qu'il n'y a pas de quoi se consterner à ce qu'une grosse et grande bête fasse du bruit. Qu'il rie solo, c'est mieux que notre duo aigrelet. Et puis, c'est samedi, Etna: depuis hier au soir, la maison penche du bon côté des choses et elle continuera de pencher ainsi jusqu'à lundi.

Après déjeuner, je suis sortie. Il ne restait plus de rosée que dans les coins sombres. Le jardin, entièrement gazonné, mal entretenu, dont la pelouse, envahie

par le chiendent, le pissenlit et le plantain n'avàit pas le
poil anglais, dru et ras, était tout en longueur, contenu
entre deux haies, l'une d'ormes chinois, l'autre de chè-
vrefeuille; il contournait des massifs d'arbustes et se
faufilait par d'étroits goulets jusqu'au sous-bois
encore ensoleillé, en-dessous des arbres retardataires,
la feuille mal dégagée du bourgeon, qui ne faisait que
s'apprêter à le recouvrir de leur toit ventilé aux pla-
fonds multiples et étagés. Sur le pas de la porte, je
m'étais arrêtée: par enchantement, durant la nuit, les
pissenlits avaient fleuri sur toute l'étendue du jardin.
Mon père savait ce qu'il disait lorsque, se mettant à
table, il nous avait prédit une journée de miel et de
beurre. La pelouse du vert avait tourné au jaune sous
la multitude des fleurs. De l'autre côté des haies,
celles-ci étaient rares, une par-ci par-là, et les pelouses
restaient vertes. Le Seigneur nous avait distingués par
ce miracle manifeste, nous, les de Portanqueu. Je pus
en cueillir tant et plus cela n'y paraissait même pas.
J'en fis plusieurs bouquets pour la maison, puis je
fabriquai une guirlande. Je l'avais finie quand mon
père vint me rejoindre, accompagné de Bélial, mon
frère réputé chien. Je lui dis de se mettre à genoux et
lui passai la guirlande autour du cou. Elle lui descendait jusqu'au ventre. Il me dit: «Tinamer, viens te mettre à côté de moi.» Ce que je fis, un bouquet à la main.
Bélial en profita pour venir me lécher au visage.

— Voyons, Bélial, grand païen, laisse-nous remercier le Seigneur.

Ainsi parla mon père de sa grosse voix. Bélial l'entendit, du moins fit semblant et vint s'asseoir avec
nous pieusement, tourné vers le bois.

— Écoutez, dit mon père: entendez-vous le loriot qui chante? Fasse maintenant qu'il se montre au balcon, dans les arbres, et qu'il soit du même jaune que nos fleurs! Cela sera le signe que Dieu nous garde ses avantages. Le loriot, c'est le Saint-Esprit du mois de mai.

Bélial était déjà rendu au bout de ses bonnes intentions. Loin de voir le Saint-Esprit, je me fis culbuter par ce vaurien, ce chenapan de chien qui pensait plus à jouer qu'à prier. Juste à ce moment, mon père s'écriait: «Je l'ai vu!» Quand je parvins à me relever, le loriot avait disparu. «Ne lâche pas, Tinamer! Continue de prier, il reviendra», déclara le saint homme. Lui, il rentrait à la maison, Etna l'avait appelé. «Emmène Bélial», lui dis-je. Il l'emmena et je restai seule, agenouillée au milieu du parterre, mon bouquet à la main. J'entendis derrière moi la voix fâchée d'Etna. Elle disait à mon père qu'il ne respectait pas les voisins. «C'est honteux, pareil jardin! Ils soignent le leur et tu les infectes de mauvaises herbes. Tu vas me couper tout ça dès aujourd'hui.» Je n'eus pas le temps de réfléchir au sens de ses paroles: Monsieur Northrop, venu je ne sais comment, était là devant moi, à l'orée du bois; il donnait la main à une fillette de mon âge, aussi blonde que j'étais brune, les cheveux longs, tombants sur ses épaules, alors que je les avais presque aussi courts qu'un garçon. Je le vis se pencher vers elle; il dut lui dire mon nom car tout aussitôt elle me fixa de ses yeux verts et me sourit aimablement alors que lui, s'étant redressé, il me saluait cérémonieusement comme à l'accoutumée. L'idée m'effleura qu'il pût se moquer de moi; je n'étais plus du tout certaine d'être une petite dame ou une grande demoiselle. Je ne savais que penser. Le sourire de la fillette, si aimable, son long regard, ses yeux verts me ravageaient le cœur. Je ne savais que faire: «Je devrais peut-être aller la trouver, ça serait plus poli.» Le cœur m'en empêchait; je restai à genoux, mon bouquet de pissenlits à la main. Ce fut alors que j'aperçus le loriot sur la plus basse branche de l'arbre sous lequel se trouvait la fillette, juste au-dessus de ses beaux cheveux blonds; il lança trois roulades hardies, glorieuses, éclatantes, comme si l'air du matin eût été un palais de cristal. Mon cœur tourna et se mit à battre joyeusement. De la plus basse branche, il vola sur une branche plus haute, puis sur une autre plus haute encore; la fois suivante, il atteignit la cime de l'arbre, recommença son chant et, se laissant tomber derrière, disparut dans le bois. Je me sentais transformée, enhardie, remontée, comme si j'eusse moi-même des roulades dans la gorge. Je voulus rendre à la fillette son sourire; j'abaissai les yeux: à l'orée du bois, il n'y avait plus personne.

Mon impolitesse les avait rebutés; ils étaient partis alors que je regardais l'oiseau, mais, me dis-je, ce vieux gentleman et cette petite fille marchant la main dans la main, ne peuvent guère être loin. Je courus donc dans le bois, sûre de les rattraper. Çà et là, des talles d'érythrones me donnaient l'illusion de cheveux blonds. D'une talle à l'autre, je continuais de courir car j'oubliais d'être déçue en pensant que ces petits lys sauvages marquaient la trace de son passage. À la longue, sans me décourager, je fus quand même hors d'haleine. Je m'arrêtai dans une petite clairière toute blanche des pétales d'un amélanchier, le plus grand que j'eusse jamais vu, dont la girandole achevait de s'éteindre. Par contre les cerisiers et l'aubépine commençaient de fleurir. Je me laissai tomber dans l'herbe. Le loriot, maintenant, chantait aux quatre coins du bois. Tout près, l'oiseau moqueur imitait le miaulement du chat, sans doute pour se faire peur. Il me fit penser que j'avais couru si vite que maintenant je me trouvais au-delà de toute espèce de crainte, seulement très fatiguée, mettant toute ma complaisance dans le jour de miel et de beurre où il faisait bon se laisser fondre. Je ne devais pas me trouver très loin de la mer des Tranquillités...

Mon étonnement fut grand de voir alors passer près de moi le signor Petroni, son bâton sous le bras, émiettant le quignon de pain que nous lui avions donné, l'automne précédent. Même s'il n'avait pas un seul poil blanc, il devait être très vieux; en tout cas il ne se pressait pas puisque je l'avais rejoint. Il ne m'aperçut pas. Je ne fis rien d'ailleurs pour attirer son attention. Il aurait pu vouloir que je l'accompagnasse dans son pèlerinage et je n'y tenais pas, préférant ne pas bouger. Tout en lançant ses miettes, il faisait: «petit! petit! petit!» à l'adresse de poules et de coqs qui ne venaient pas, du moins qui ne se montraient pas. Il traversa ainsi la clairière. Rentré dans le bois, je l'entendais encore égrener son cri. Celui-ci d'ailleurs allait en faiblissant et se perdit bientôt dans les diverses rumeurs qui animaient le silence, la solitude et mon repos.

Je dus dormir quelque temps. Lorsque je m'éveillai, un bel homme à la physionomie inquiète, contrastée, le menton carré, l'air résolu, les yeux bleus, le visage émacié, un homme que je n'avais jamais vu, était penché sur moi, à genoux. Dès que j'ouvris l'œil, il se remit sur pied et parut devoir s'éloigner. Je lui dis: «Monsieur, ne partez pas.» Il s'arrêta puis me revint. Je remarquai alors que sa soutane était toute déchirée, ses souliers boueux, et qu'il portait le rabat noir des ecclésiastiques de l'ancien temps. Sans doute marchait-il depuis longtemps, très longtemps, peut-être depuis plus d'un siècle. Il se nommait Messire Hubert Robson. Il me dit: «Pauvre petite, pauvre moi, tu n'es pas celle que je cherche. De toi elle n'a que l'âge. Elle est blonde, elle a de longs cheveux, les yeux verts. La dernière fois que je l'ai vue, c'était à Tingwick, son beau visage était couvert de sueur et de larmes. Je n'ai pas pu l'oublier. Il m'est resté dans la tête mêlé à tout ce que je pense, à tout ce que je vois. Elle se nomme Mary Mahon.»

Il ne me demanda pas si je l'avais vue. Je lui dis simplement que le cœur des petites filles tourne et retourne vite, et qu'elle s'était peut-être consolée. «Je le voudrais bien, répondit-il, mais je la vois, elle pleure toujours.» Tout en larmes lui-même, il ajouta qu'il ne pouvait pas la laisser dans cette peine et qu'il lui fallait absolument la retrouver.

— Si je la vois, je lui dirai que vous êtes à sa recherche... Mais vous serez reparti, comment pourra-t-elle vous rejoindre?

— Je ne serai pas loin, tu n'auras qu'à la retenir, je repasserai par ici... Comment te nommes-tu, fillette?

— Messire, je me nomme Tinamer de Portanqueu.

— Tinamer de Portanqueu, je te bénis. Si jamais tu étais dans l'embarras, souviens-toi de mon nom, appelle-moi, je viendrai à ton secours.

À ce moment, tout près, le merle-chat imita les sanglots d'une petite fille.

— As-tu entendu?

— Oui, Messire, mais je crois que c'est l'oiseau moqueur.

— Non, non, fit-il, c'est Mary Mahon, j'en suis sûr.

Le bleu de ses yeux était devenu limpide et profond. Alors cet homme si absolu, qui était certainement un saint, eut un moment d'irrésolution. Un pauvre prêtre égaré me demanda: «Suis-je bien encore dans le Bas-Canada?» C'était un pays que je ne connaissais pas. Je lui répondis qu'il se trouvait dans un bois qui m'appartenait, au sud de la mer des Tranquillités et du comté de Maskinongé. Mais il n'entendit peut-être pas ma réponse, courant dans la direction de l'oiseau moqueur. Je me trouvai de nouveau seule dans la clairière, nullement inquiète, car je m'attendais à voir apparaître Monsieur Northrop et sa petite amie, certaine de les avoir dépassés en courant. De nouveau, je m'endormis et me réveillai au milieu de la nuit.

CHAPITRE CINQUIÈME

Je crus d'abord être dans mon lit, mais lorsque j'eus palpé l'herbe à la place du drap, je ne pensai pas un seul instant à me rendormir; l'obscurité devint, perdant ses proportions domestiques, immense et redoutable; je craignis, à l'instar de Mary Mahon, d'être perdue et peut-être à jamais. Les adultes, vilains comédiens jouant toujours le même rôle, ne comprennent pas que l'enfance est avant tout une aventure intellectuelle où seules importent la conquête et la sauvegarde de l'identité, que celle-ci reste longtemps précaire et que, tout bien considéré, cette aventure est la plus dramatique de l'existence. Les cabotins l'ont oublié et font des livres stupides pour avantager le petit rôle de leur minable personnage.

Mon appréhension tenait au fait que par mon âge je n'étais pas de force à traverser la nuit et qu'en me retrouvant, le lendemain matin, dans les lieux inconnus, je risquais de ne pas me retrouver, devenue une petite fille sans nom et sans raison. Je devais me sauver à tout prix, retourner à la maison, dans les lieux familiers qui constituaient la mémoire extérieure par laquelle, chaque jour, je triomphais de la nuit et redevenais moi-même; mais comment faire dans le noir, sans repère, sans direction?

Autour de la clairière, le bois était devenu un fouillis inextricable. J'eus beau tenter le hasard, je n'eus pas fait dix pas que je ne pouvais plus avancer, retenue par les branches, n'y voyant guère mieux que si j'avais les yeux bandés. À ce colin-maillard je n'étais bonne qu'à m'attraper moi-même et je l'étais déjà au point de ne plus bouger. Je pensai que je ne pourrais jamais m'en tirer. En même temps, je ne pouvais même pas pleurer, sûre de ne pas être entendue.

Ce fut dans cette extrémité muette que, tournant la tête, le voile se déchira de haut en bas; j'aperçus une lumière debout, très étroite. À ma grande surprise, je pus me glisser facilement dans la fente qui dès lors, tel un couloir, alla en s'élargissant. Je marchais entre les arbres sur la trace d'un ancien fossé d'irrigation, du moins je le supposai, car le sentier était lisse et aussi moelleux que s'il eût été tapissé par les feuilles mortes des cinquante dernières années. J'arrivai rapidement devant un petit pavillon ouvert sur les côtés, au centre duquel une lampe suspendue descendait à quelques pieds d'une table invitante qu'elle couvait de sa lumière douce et chaude. Aux quatre coins de la table, il y avait quatre bouteilles de pepsi; au milieu de la table, deux énormes pyramides savamment édifiées, l'une de choux à la crème, l'autre de mandarines, dont la vue me rappela que j'étais à jeun depuis le matin, dont le choix, répondant à mes goûts, avait sans doute été fait spécialement pour moi. À cette table, il n'y avait qu'une chaise, une petite chaise qui correspon-

dait à ma taille, comme la table elle-même d'ailleurs.
La curiosité ne me vint pas de savoir de qui j'étais l'invitée. Sans aucune hésitation, j'entrai dans le pavillon et m'attablai, trouvant tout naturel, après mes ennuis et mes peines, d'être régalée de la sorte au milieu de la nuit.

Je tendis la main vers une des quatre bouteilles; comme je l'approchais de moi, je notai qu'elle était bouchée de même que les trois autres. Mais je n'eus pas le temps d'en être dépitée: le bouchon sauta de lui-même; par le goulot sortit une petite vapeur avec un brin de pétillement. Quand je portai la bouteille à ma bouche, elle me chatouilla le nez puis le palais délicieusement. Ensuite je mangeai, alternant choux et mandarines. Je ne pensais jamais venir à bout des deux pyramides. Cependant le fruit se pelait si aisément, la pâtisserie était si fondante que peu à peu j'en devenais moins certaine. J'eus même l'impression, à un moment donné, qu'ils étaient beaucoup plus petits que ceux que je mangeais à la maison et que les bouteilles, la table, le pavillon étaient à l'avenant. Un doute m'effleura, à savoir que j'avais peut-être rapetissé; je l'écartai en me disant.

— Voyons, Tinamer, ne cherche pas à te déprécier.

D'ailleurs plus je m'empiffrais, plus je me sentais en confiance. À un autre moment, levant les yeux, je me rendis compte que la lampe était éteinte. Cela ne me fit ni chaud ni froid car il continuait de faire clair, soit que le jour fût revenu, soit que la nuit où je m'étais perdue n'eût été qu'une illusion. La lumière

tombait du ciel, non tamisée, au travers des branches
encore sans feuillaison; si elle présentait des raies lon-
gitudinales, mon Dieu! c'était sans doute à cause des
arbres et des arbustes qui entouraient le pavillon.

J'en étais rendu à mon dernier chou à la crème.
Avec effort, sans aucun plaisir, je finis par l'avaler. Je
vidai de même le dernier pepsi. Quant à la mandarine
qui restait, je trouvai plus simple, la glissant dans la
poche de ma jupe, de la garder en réserve pour les
mauvais jours. Fini le régal, je fis ouf! tout bonnement
et fus des plus surprises que mon cri de soulagement
servît de signal à une hilarité bruyante dont je faisais
les frais, évidemment et pour cause: j'avais mangé sans
profit, toute rapetissée et captive dans une cage de fil
de laiton. Le caquet et les éclats de rire provenaient de
grands volatiles qui dansaient autour et dont je n'aper-
cevais que les jambes et le bas de la taille. En quittant
la table pour aller m'agenouiller, les deux mains agrip-
pées à deux fils de laiton qui m'étaient aussi gros que
des barreaux de prison, je pus les voir en leur entier. Il
s'agissait des poules dont mon père avait parlé à Maître Petroni, six en tout, débauchées des poulaillers de
Longueuil, endoctrinées comme on n'a pas idée, aussi
grandes que ma mère Etna, ayant gagné en taille, toute
proportion gardée, l'équivalent de ce que j'avais
perdu.

Chose étonnante, tout en restant poules, elles
paraissaient humaines. Elles étaient vêtues de plumes à
la réserve des parties expressives, le cou, le visage et les
mains. Par le nez recourbé et les petits yeux méchants,
leur physionomie, quoique découverte, ne montrait

rien de rassurant. La plume courte, mince et frisée, tenant la place des cheveux, une touffe placée en aigrette au-dessus du front, formaient néanmoins une coiffure agréable. Leurs jambes, commencées en pantalon, finissaient en pattes de poule authentiques. Elles parlaient toutes à la fois. «Voilà une belle tête de linotte! — Comme elle a mordu à l'appât! — Elle est plus gloutonne qu'un marcassin!» Leurs commentaires étaient tous plus désobligeants les uns que les autres. «Endoctrinées, peut-être, me disais-je, au demeurant fort impolies.» Enfin, ayant crié et dansé à leur saoul, ces créatures s'emparèrent de ma cage et l'emportèrent d'un pas saccadément militaire par une avenue que je ne connaissais pas jusqu'à une sorte de château, une immense cage flanquée de quatre autres plus petites, comme le serait une tour de ses quatre tourillons.

Je fus introduite auprès de la châtelaine, qui était une gélinotte bien qu'il n'en parût rien. Son plumage était d'un petit jaune serin; elle avait un assez beau tour de visage, le teint pâle, l'œil vif et bien coupé, mais le regard sournois. On voyait quelque chose de malin dans son sourire. L'assemblage de ses traits formait une physionomie spirituelle, piquante et scélérate. Elle me reçut avec de petits cris joyeux, voulut savoir mon nom, me dit le sien. J'en restai toute déconfite: elle s'appelait Etna comme ma pauvre mère dont elle n'avait pourtant rien.

— Cette pauvre petite a trop mangé, dit-elle; libérez-la de sa cage.

Dès que je fus sortie, elle me prit sur ses genoux de

plume et me fit mille caresses auxquelles je répondis de mon mieux mais mollement, sans beaucoup de conviction. Elle s'en aperçut, me demanda ce qui n'allait pas. Je lui répondis que, sans être une petite dame ni une grande demoiselle, je ne m'habituais pas à mon rapetissement subit, surtout après avoir tant mangé de choux à la crème et de mandarines.

— C'est vrai, ma pauvre Tinamer, tu n'es guère plus grande qu'un ara des Îles.

— Je suis plus petite, Madame Etna, qu'un bébé qui vient de naître.

— Et tu voudrais grandir?

— Au moins retrouver la taille que j'avais.

La gélinotte qui portait le nom de ma mère approuva mon désir et prétendit pouvoir le réaliser grâce à une pommade, excellent spécifique.

— Déshabille-toi, Tinamer, je te frotterai moi-même.

Je n'ai pas le temps de protester: les six poules endoctrinées se sont jetées sur moi; en moins d'un instant, je suis mise à nu, renversée sur le parquet, maintenue, et la fausse Etna de me frotter tout à loisir, d'un côté puis de l'autre et de la tête aux pieds. Elle a fini, elle s'écrie: «Ah! j'oubliais le bout du nez.»

— C'est tout, chère Tinamer. Tu n'as plus qu'à attendre les résultats. Va, tu ne seras pas déçue. Longtemps tu te souviendras du nom d'Etna.

La drogue, loin de me revigorer, m'a laissée dans une faiblesse extrême. À peine ai-je la force d'apercevoir la gélinotte, la mine scélérate, les deux sourcils se rejoignant au-dessus du regard moqueur qu'elle me

lance en s'éloignant au milieu de ses six énergumènes,
mi-poules, mi-femmes; elle joue avec la mandarine que
je m'étais gardée en prévision des mauvais jours, la
lance en l'air, la rattrape, puis je ne vois plus que sa
houpette jaune qui flotte dans le noir...

Quand je reviens à moi, je me lève avec une préci-
pitation qui n'a rien de naturel; les bras me remuent
comme à ressorts; mes yeux sont ouverts, ronds
comme ils ne l'ont jamais été, mais je ne distingue rien.
Tout à coup, un vent furieux ébranle le château, une
fenêtre s'ouvre avec fracas, je me sens happée au-
dehors, je m'agrippe à un bâton, le bâton suit et me
voici planant dans la vague des airs, sans trop savoir ce
qui m'arrive, quelle voiture me porte, quel espace je
parcours. À un moment donné, j'ai l'impression de
frôler la lune, je me dis que le comté de Maskinongé
n'est plus loin, puis je me rends compte que je des-
cends au milieu d'une tumultueuse assemblée, à cheval
sur un manche de balai. C'est Mardi gras ou la Mi-
Carême. Au-dessus des masques, drapé dans ses guenilles, Léon de Portanqueu, plus esquire que jamais,
préside à la fête du haut de son trône. Seulement, je
remarque qu'au lieu d'avoir ses pieds et ses jambes
ordinaires, il a des sabots et des pattes de bouc.

Dès mon arrivée, de grands éclats de rire m'ac-
cueillent; on m'entoure; je me sens tirée par le nez. Je
ne comprends pas comment on puisse le faire. En
même temps il part une huée générale, et tous me
crient à la fois aux oreilles: «*Oh! oh! oh! che naso
brutto!*» Le président veut élever la voix pour en impo-
ser; mais les éclats de rire n'en deviennent que plus

violents et le même refrain les accompagne: «*Oh! oh! oh! che naso brutto!*»

Je m'aperçois alors que moi, Tinamer de Portanqueu, je suis couverte de plumes, le corps ramassé, les yeux ronds, le bec long et pointu comme une bécasse du Canada; j'ai même au-dessus de ce bec, là où j'avais le nez, une sorte de retige emplumée, très fine et très longue, que n'a pas l'oiseau de l'espèce susdite. Un farfadet m'avait saisie par cette excroissance anormale et me faisait faire le tour de la compagnie, toujours accompagnée des éclats de rire et du *naso brutto*.

Léon de Portanqueu, impatienté, se lève et d'un coup de sabot ébranle le marchepied du trône. Debout, on voit sa queue longue et musclée, un membre que n'a pas mon père, que je sache. Le coup de sabot a été si brutal qu'on est certain cette fois que le président ne badine pas. Toute la mascarade terrorisée se prosterne en silence. «Fort bien, dit-il d'une voix enrouée, qu'on se tienne désormais dans ce respect.» Puis, me désignant, il me fait signe d'approcher.

— Gentille bécasse du Canada, ta place n'est pas ici, aussi vrai que cette longue plume qui dépasse ton bec est incongrue. Non content de te transformer en volatile et de t'envoyer ainsi déguisée dans une assemblée où les petites filles ne sont pas admises, croyant tromper ma vigilance, on t'a frotté le bout du nez pour y faire croître cette plumaille ridicule... Je crois que j'entends rire encore? Ah! par la jarnie! si j'entends parler de *naso brutto*...

Ceux que j'avais pris pour des masques et qui n'étaient peut-être que des mauvaises gens, magiciens, griffons, hippogriffes, loups-garous, cyclopes, gobelins et autres confréries, restaient tremblants et prosternés, n'ayant nullement envie de rire. La voix éraillée de Léon de Portanqueu, ou du supposé tel, les tenait aux tripes... Il reprit à mon adresse, en m'appelant par mon nom, qu'il connaissait aussi bien que moi l'auteur du sortilège dont j'étais la victime.

— Elle se nomme Etna et se cache sous les plumes de la gélinotte. Tinamer, écoute-moi bien: retourne sur tes pas, va dans l'appartement du château où repose cette dame, arrache la touffe de plumes qui lui sert d'aigrette et tu auras lieu, ma fille, d'être satisfaite.

Tout cela était bien beau, mais comment retourner sur mes pas? J'allais le lui dire honnêtement lorsque ce prince du sabbat, à ma grande surprise, lâcha un long pet et je me retrouvai aussitôt dans le château d'Etna ou de la supposée telle. Je crus avoir rêvé. J'allai me regarder dans un miroir et, tout en ayant beaucoup de considération pour la bécasse du Canada, je trouvai que sa défroque ne m'allait pas, non, pas du tout! Et le *naso brutto* encore moins. Alors, sans hésiter, bien décidée à me venger, j'entre dans la chambre de la méchante femme, de cette sorcière qui a usurpé le nom de ma mère. Elle repose sur son lit, l'air innocent, dans le jaune serin de son plumage. Je lui porte la main au front, lui arrache sa houpette. Elle pousse un cri aigu. Que vois-je? Le château disparaître, Etna et ses compagnes, les poules endoctrinées, dépouillées de plumes, transformées en dégoûtantes harpies, s'élever en l'air sur des ailes de chauves-souris, avec un bruit de moteur à gazoline et une odeur d'herbes coupées...

Mon père achève de tondre le gazon. Plus de miracle, plus de pissenlits! Quel pauvre homme il fait, serviteur de cette Etna qui vient de me causer tant de tribulations! Couchée sur la pelouse, justement je peux remarquer qu'il n'a pas de pieds de bouc ni de grande queue... Me serais-je endormie au début de mon rêve, au moment où Monsieur Northrop et la petite fille aux cheveux blonds me sont apparus à l'orée du bois?

Léon de Portanqueu va remiser sa tondeuse dans le hangar et revient s'asseoir auprès de moi. Il a chaud. Un maringouin se pose sur son front, déjà gorgé de sang quand mon père se rend compte qu'il est piqué. C'est la vengeance des pissenlits, c'est aussi le signe que la dernière fleur de l'amélanchier laisse tomber ses pétales dans la petite clairière et que dorénavant jusqu'à l'automne, le bois nous sera fermé.

— As-tu été loin? me demande mon père.

Je lui réponds qu'en frôlant la lune, j'ai été aussi loin que dans le comté de Maskinongé. Ce qui ne l'étonne pas du tout parce que c'est samedi et que le samedi, tout peut arriver.

CHAPITRE SIXIÈME

« **Q**uand j'avais ton âge, Tinamer, il y avait dans le comté de Maskinongé un petit garçon qui te ressemblait beaucoup. Comme il vivait surtout dans la compagnie des femmes, il ne pensait pas à imiter son père. Il avait, certes, une petite gueurlite comme en ont tous les garçons, qui lui servait à faire la merveille du genre humain, c'est-à-dire pipi debout, mais il n'en tirait aucune gloire; il n'en parlait même pas, aussi discret à ce sujet que sa mère, sa tante et ses deux servantes qui faisaient pipi assises, il avait pu le constater sans en déduire toutefois qu'elles n'avaient pas de gueurlite. En principe, rien ne les empêchait d'en avoir une; rien ne les obligeait non plus à s'en servir étant donné que la merveille du genre humain n'allait pas sans inconvénient, il en savait quelque chose quand par mégarde il mouillait le siège des toilettes et que l'une ou l'autre des femmes passait après lui; il ne manquait jamais d'en apprendre la nouvelle.

«Il avait les cheveux de ta couleur, à peu près de la même longueur, mais alors que tu penses les avoir aussi courts qu'un garçon, il pensait les avoir tout aussi longs qu'une fille. Il les porta ainsi jusqu'à l'âge de six ans. Quand il sortit du gynécée pour aller à l'école, il lui fallut bien les porter à la garçonne, c'est-à-dire les oreilles découvertes. À son retour du barbier, sa mère et sa tante se mirent à pleurer. Les servantes, pour leur part, se moquèrent du fait qu'il les avait décollées. Il eut beau crâner, le soir venu, lorsqu'on le mit au lit, il ne se sentit bien que du côté sur lequel il était couché; de l'autre, l'ombre lui farfouillait dans l'oreille et l'empêchait de dormir. Longtemps, il exigea qu'on lui remontât le drap jusqu'à la tempe, tout en lui découvrant le museau pour qu'il pût respirer, ce qui n'était pas facile.

«De plus il porta la robe presque aussi longtemps que les cheveux longs. Comme tu peux en juger, chère Tinamer, ce garçon-là qui, par ailleurs, avait ton minois, même visage et physionomie, était presque ton pareil. Qu'il ait grandi sur la rive opposée de la mer des Tranquillités ne l'a pas empêché d'en subir la douce influence, comme toi. S'il a été différent de toi, c'est par l'époque. Alors que de nos jours, il ne passe rien de bon par la rue, en avant de la maison, dans son temps, les choses n'étaient pas partagées en un bon et mauvais côtés. Pas très loin de la maison, de l'autre bord de la rue Saint-Laurent, qui était aussi la route nationale et le Chemin du Roi, se dressait une église aussi vaste qu'une cathédrale, orgueil de la ville et de la paroisse. Or, un matin, il n'en était resté que les murs, haute enceinte fumant vers le ciel. Des bruits sourds et crépitants m'avaient éveillé au milieu de la nuit. Je devais avoir quatre ou cinq ans. C'est le premier de mes souvenirs nocturnes; il m'a fait grande impression. Cet incendie a changé l'idée que je me faisais de la nuit qui, antérieurement, m'apparaissait comme un barrage à la mémoire, un empêchement à la conscience. Le soir, quand on me mettait au lit, il m'était possible de repasser les menues péripéties de la journée, mais les yeux me fermaient bientôt. Je me disais: 'À quoi bon? Demain j'aurai tout oublié.' Ma journée s'achevait dans l'ombre comme ces rêves qu'on fait dans le sommeil et qui, pour agréables qu'ils soient, se dissiperont, on le sait, dès le réveil. Le lendemain matin, je me souvenais du moins de ma prédiction; je vérifiais, elle était juste: je ne gardais de la veille que l'impression d'un songe sans substance, comme si j'avais dormi depuis ma naissance. Cette journée-là s'était fondue dans la nuit; pourtant je savais que j'y avais été sur pied, actif et vigilant, et capable, le soir venu, de faire mon acte de conscience, c'est-à-dire de me la remémorer; malgré tout je ne m'en souvenais plus.

«Il n'y avait pas de quoi me faire un drame, car en même temps que je constatais mon incapacité à retenir, au moins j'étais retenu: je retrouvais ma chambre, les bruits de la maison et de la rue, l'univers familier de ma mémoire extérieure. Chaque matin, j'étais sauvé par elle et j'en éprouvais de la reconnaissance pour les divinités de mon enfance. Mais je n'étais peut-être pas né adorateur. Ma mère avait commencé d'être malade. Quand elle s'absentait, les bonnes ne la remplaçaient pas complètement. Dans ces circonstances, j'ai été porté à penser fort tôt qu'il était périlleux d'être sauvé ainsi, chaque jour, et qu'il serait avantageux, à tout le moins prudent, d'ajouter à la pérennité de l'ambiance une mémoire qui me fût propre, grâce à laquelle je serais devenu un peu mon sauveur. Cette mémoire existait certainement puisque ma mère et les bonnes parvenaient à faire passer l'ombre à leurs esprits. Je le savais de bonne part, tirant d'elles des renseignements sur la veille et me faisant raconter ce que j'avais oublié.

«J'ai dû penser que, renvoyé d'un jour à l'autre comme si je mourais le soir pour renaître le matin, recommençant toujours à rien, petit tournesol ne disposant que de quelques heures d'épanouissement, de conscience, de réflexions aussi vite perdues qu'acquises, j'ai dû penser que je n'apprendrais jamais rien, coincé entre les deux hautes murailles de la nuit. Cette idée, dont je me souviens, est le contraire d'un souvenir puisqu'elle ne me rappelle que l'impuissance de ma mémoire d'enfant. Je ne suis même pas certain de l'avoir conservée par moi seul. De cette impuissance qui m'étonnait, qui m'inquiétait sans doute autant car elle me donnait le sentiment de ma précarité, j'ai dû m'ouvrir à ma mère et ce serait par sa mémoire doublant encore la mienne de sa puissance tutélaire, même si elle est morte depuis longtemps, que je me souviens de ce jour unique de mon enfance toujours cernée par la nuit. Je n'y ai pas attaché beaucoup d'importance jusqu'à ce que j'entre dans un lieu d'exclusion, dans un lieu secret où l'on garde enfermés des enfants aliénés...»

J'interrompis Léon de Portanqueu pour lui faire remarquer que jusqu'ici j'avais subi son discours avec

beaucoup de patience; qu'il n'était plus un petit garçon
avec des cheveux de fille et une gueurlite dérisoire; que
le comté de Maskinongé n'était pas aussi édifiant qu'il
voulait me le laisser croire puisque je l'avais vu y prési-
der un sabbat avec des pieds de bouc et une longue
queue musclée.

— Tu n'as raison que sur un point, le manque de
mémoire des enfants. On oublie de jour en jour ce
qu'on est. Tu ne m'apprends rien même si je ne te
comprends qu'à moitié... Les enfants aliénés, qu'est-
ce au juste?

— Tinamer, ce sont tout simplement des enfants
comme les autres qui ont oublié ce qu'ils étaient, mais
qui, à la différence des autres, ne sauront plus jamais
ce qu'ils ont été déjà.

— Qu'ils deviennent des autres qu'eux-mêmes!

— C'est impossible, toute leur force, tout leur
courage, toute leur âme s'épuisent à se retrouver.

— On les enferme pour ça?

— Oui, Tinamer.

— Continue, Léon.

— Je disais que dans ce lieu d'enfermement et de
perdition pour enfants déjà perdus, j'ai beaucoup
réfléchi et en particulier sur ce jour si seul et si précaire
qui constitue la conscience des premières années; je me
suis demandé, et me demande encore, si des enfants
plus doux que les autres, incapables de clamer leur
désarroi, ne perdent pas l'esprit quand, s'éveillant
d'une nuit dont ils ont oublié la veille, ils se voient
dans un monde nouveau qui n'a pas plus de mémoire
qu'eux.

«Avant l'incendie de l'église, la nuit ne m'apparaissait pas comme une chose simple. La chose simple, c'était le jour. Elle, toujours double, la nuit derrière, la nuit devant, et peut-être doublement double, glissant deux latérales pour compléter le quadrilatère, peut-être même plus complexe encore, tenant du système, d'un système contre mon entendement. Contre mes quelques heures de règne elle englobait mon passé et mon avenir, plus la durée incalculable de tous les temps, plus les espaces infinis qui se perdent derrière les étoiles. Je n'étais pas de taille à me mesurer contre elle. Sans la protection des divinités familiales, j'aurais été sa proie et n'en aurais rien su. Son système a tenu bon aussi longtemps qu'elle a été multiple. Mais cette nuit-là, la nuit de l'incendie de l'église, tout a changé. Ce fut une nuit unique. Les bruits qui m'éveillèrent, le bruit sourd des poutres crépitantes qui tombaient alors que les flammes fusaient déjà par les trouées du toit, ces bruits marquèrent l'effondrement de son système. Cela soit dit sans établir un rapport de causalité entre un élargissement de conscience et la perte d'une église. On peut se libérer à moindre prix, mais on ne peut pas, non plus, empêcher certaines coïncidences, comme disait mon père dont la malice ne désarmait jamais.»

— Tu avais un père? C'est peut-être lui que j'ai aperçu?

— Je me revois, la main sur la rampe, descendant le grand escalier. Sur la galerie, ce père que tu dis avoir vu dans une mascarade (et c'est bien possible car il était maquignon, ivrogne, maquereau et député), ma pauvre mère, tante Irène, les deux bonnes n'avaient jamais eu meilleure loge et jamais n'avaient vu un aussi grandiose spectacle. Je les rejoignis enfin. Mon père me prit sur ses genoux. L'illumination n'était pas au-dehors, mais au-dedans de moi-même. Mon petit théâtre intime et personnel commençait. Je me disais que pour la première fois de ma vie j'allais traverser la nuit et qu'à l'avenir elle ne s'interposerait plus entre ma conscience de la veille et ma conscience du lendemain, qu'enfin et pour toujours je me trouvais réuni à moi-même, capable de continuité par mes seuls moyens, indépendant de la topographie familière qui m'avait jusque-là servi de mémoire. Je jubilais mais je me mis à pleurer. «Oui, c'est triste, dit ma mère, une église qui brûle.» Je venais tout simplement d'entrevoir la possibilité de me libérer de mes parents.

En écoutant Léon parler ainsi, je me demandais si la nuit que j'avais rêvée, autrement plus spectaculaire que son incendie d'église, n'était pas l'équivalent de la sienne. Chose certaine, je n'étais pas loin de me réunir à moi-même et de me libérer d'autant de lui et de ma mère Etna... Les maringouins, montant la garde devant le bois, nous l'interdisaient dorénavant jusqu'à la dernière moitié du mois d'août. Je serais deux mois sans revoir Mary Mahon, Messire Hubert Robson et le curieux Monsieur Northrop. Le bon côté des choses se trouvait réduit à la maison et à la moitié du jardin.

— Parle-moi, encore du comté de Maskinongé, de ton père le roi des sorciers, du lignage des de Portanqueu, du commencement du monde.

Il me répondit que, nonobstant notre noblesse

certaine et très ancienne, nous ne remontions pas à Adam et à Ève mais au déluge seulement. Ce qui faisait que notre bible ne correspondait guère à l'autre, celle de tout le monde.

— Demain, dimanche, je t'en commencerai la lecture. Il est temps après tout, Tinamer, de s'occuper de ta formation religieuse.

CHAPITRE SEPTIÈME

Notre bible se lisait ainsi: «Il y a eu trop de commencements des temps, on ne saura jamais où l'on est rendu si l'on veut les garder tous. Mise à part la naissance, seule irrémédiable, tous les départs sont sujets à reprises, les commencements à recommencements. L'espace est là tout autour qui joue de bons tours au temps en le replantant comme du blé. Pour relancer la genèse, il ne faut pas la prendre de trop loin.

Si jamais de la Rochelle
Mon enfant est parti sous la pluie
Autrement que dans les goussets
De ses procréateurs autorisés,
Il a vu les digues du ciel
Se rompre aux quatre points cardinaux,
La Charente, l'Angoûmois, l'Aunis
Et la Saintonge s'abîmer
À la poupe du bateau,
L'eau s'épandre sur toute la terre
Et engloutir toute mouvance,
Même le vol des oiseaux de mer,

Pendant plus de quarante journées.
Les voiles criaient secours à Dieu
Dans le vide du ciel
Et demandaient le retour de la terre
De la part du capitaine huguenot...

Le péché d'origine ne se retrouve pas dans la complexion québécoise. Les de Portanqueu n'ont pas recours à un père et à une mère incestueux; ils tirent leur origine de trois frères.

Que le déluge a dû lui sembler long
À ce garçon parti de la Rochelle!
Puis il a vu les vents invers
Ramener à rebours des voiles,
Derniers partis, premiers arrivés,
Mouettes, goélands et margaux;
Il a vu la baye des Châteaux,
La falaise de Gaspé-Nord
Et les marsouins de Tadoussac.

Par devant Québec a émergé,
Couverte d'un vignoble prévu,
L'isle de Bacchus, nommée depuis
Orléans en l'honneur de la Pucelle
Et de Monsieur, frère du roi
Qui toute sa vie la respecta
Car dessous les feuilles de vigne,
Il n'y avait couilles ni raisins.

Ce fut là une bien petite arrivée
Après un tel grand voyagement.

Capitaine Noé s'en est retourné
Sans s'être mis à poil ni saoulé;
En punition de son hérésie
Il ne rapportait que le fumet
Du castor et des cache-sexe.

Dieu catholique en Neuve-France
Point ne voulait du huguenot,
C'est pour cela qu'il a triché
Sur la genèse.
Puis comme l'enfant était garçon,
Pour son établissement,
Il lui a rendu,
À défaut du péché originel,
Raisins et couilles réunis,
De quoi se distiller
Une p'tite bagosse d'avenir.

Ce garçon a fort bien pu être ce Jean Gélineau
qui, l'an 1662, âgé de 16 ans, parut comme témoin
dans un procès aux Trois-Rivières. Il était venu de
Xaintes avec son père Estienne, lequel, après l'avoir
établi à Machiche, s'alla remarier et demeurer à la
Pointe-aux-Trembles où il fit souche de Gélineau. Le
fils, lui, sera à l'origine de trois lignées. Tout d'abord,
son nom évoluant de Gélineau en Gellyna, de Gellyna
en Gélina pour se fixer lorsqu'on lui aura ajouté l's
final, il sera l'ancêtre de tous les Gélinas. Puis il l'a été
de tous les Bellemare. En même temps qu'il arrivait à
Machiche, la troupe du Marais put opposer au capitaine Fracasse de l'Hôtel de Bourgogne un capitan

nommé Bellemore ou Matamore. Le premier Bellemare aura sans doute été un Gélinas vantard. Dans le
milieu traditionnel que l'écriture n'influence pas, ce
nom a toujours été prononcé Bellemore... Enfin Jean
Gélineau, dit Gélinas, dit Bellemare, sera aussi l'ancêtre des Lacourse, mais ces derniers, prenant au mot
leur nouveau patronyme, ne resteront guère dans la
place et laisseront aux deux premiers l'honneur d'avoir
fondé Machiche.

Personne ne met en doute qu'à ce garçon de la
Rochelle, aujourd'hui trois fois patriache, Dieu ait
rendu ses attributs, gueurlite, boulettes et tout. Il sut
s'en servir et distilla si bien qu'une légende veut qu'il
n'ait pas été seul mais qu'il fût trois. C'est la légende
des trois frères que l'on retrouve après chaque déluge
et que bien d'autres familles de Machiche et d'ailleurs
se sont appropriée.

On part de soi, on débouche sur le confinement de
la maison, première mémoire de l'enfance, puis, de ce
mickouam enfumé et doucereux, on passe à des envi-
ronnements plus limpides, à des espaces de plus en plus
vastes qui, en inventant le monde, approfondissent
le temps; de sa naissance, on tombe à l'origine de ses
familles, après le déluge de l'Atlantique, et l'on repart
de Yamachiche qui, vers l'est, empiète sur le comté de
Maskinongé. C'est là que commence l'histoire des de
Portanqueu. Longtemps ils n'en menèrent pas large.
Ils s'appelaient Ferron.

Les Ferron n'ont rien fondé, tard venus, arrivés
de justesse et plutôt ridiculement à la fin du Régime
français. Peu s'en fallut qu'ils ne vinssent Anglais. En

conformité avec le nom, ils commencèrent leur carrière américaine aux forges de Saint-Maurice où, faute de pucelle et de salamandre, ils prennent en mariage la veuve Dubeau qui les emmène faire souche à Machiche, dans les concessions peu recherchées. Le premier à sortir de la lisière du bois, dernier enrôlé du Saint-Père, se mettra zouave moins pour aller à Rome que pour monter dans le ciel mauricien; il se traîna si bien les pieds qu'il arriva en Italie les combats finis. Sa bravoure assura sa fortune, mais son nom n'est mentionné que dans les Zouavianas très locaux. Plus heureux, le docteur Wilbrod pourra lire dans *la Croix*, le célèbre journal de la ville de Paris, que durant l'été de 1901 le fleurdelisé du Sacré-Cœur a flotté sur sa résidence près de l'église, à Saint-Paulin. Quant à la gloire, elle ne viendra qu'avec Rose Ferron, la stigmatisée de Woonsockett, sur laquelle on a écrit un livre en anglais et en français.

La légende des trois frères descendant du déluge pour fonder Machiche, les Ferron se la sont appropriée, quitte à se mettre dans l'embarras de ne pas savoir duquel des deux ils descendaient, n'étant sûrs que du troisième, prénommé Jean, qui n'avait pas fait souche de Ferron en pays machinois, ayant continué à l'aventure 'vers les pays hauts pour rouler parmi les Sauvages, sous l'étoile du Nord', curieux mélange de Gélinas-Lacourse, de Ti-Jean Canadien et du malheureux fils de Noé. Avant de repartir ainsi, il aurait eu le temps de délivrer un de ses frères, captif des Anglais dans le fort de Maskinongé, au prix du bout de son pouce gauche, tout comme le beau Viger, en 1837. À cette marque, longtemps après, on avait reconnu un frère dans un quêteux qui s'était ramené, un jour d'été, quêteux étrange contre lequel le chien de la maison n'avait pas aboyé et qui, ne pouvant pas demander la charité, se taisait, détournait le regard et cachait son pouce dans le creux de sa main gauche. Il mourra parmi les siens, à Machiche, sur les hauteurs de Saint-Sévère et de Saint-Léon, mais pour rien au monde, tel Ulysse et de nombreux héros voyageurs, il n'aurait dit le premier qu'il se nommait Jean Ferron. Ç'avait été son frère Claude, celui-là justement qu'il avait délivré des Anglais, qui était allé l'accueillir sur le perron et du premier coup d'œil avait été intrigué, se demandant qui se cachait sous ce quêteux sans nom. La suite, longue à raconter, ne l'était pas à entendre car le mauvais destin du voyageur était resté dans le chemin, prêt à le reprendre, et si le chien de la maison s'était mis à aboyer, c'était contre ce destin pendant que le cultivateur de son côté, avec d'infinies précautions, s'employait à le conjurer en démasquant son frère.

— Marie-Josephte, ma femme, sors la nappe de lin et sers-nous ce que tu as de meilleur.

— Donnez-moi seulement une beurrée de mélasse et une gorgée de rhum. Il reste encore un bon bout de chemin à parcourir avant la nuit.

À présent que le quêteux a parlé d'une voix qu'il cherche à changer, Claude, le cultivateur, n'en est que plus curieux car il lui semble que cette voix déguisée lui dise quelque chose. Il commande à sa fille d'aller tirer l'eau du puits, prétendant que par ces jours de chaleur la moindre poussière que le pas soulève vient se coller aux mains et au visage du voyageur. Quand l'eau est apportée dans un bassin de faïence, le frère ne peut plus dissimuler son pouche gauche.

— Une blessure de guerre?

— Ça? même pas, un fâcheux accident, une blessure de couteau.

— Tiens! J'aurais pensé à une blessure d'épée.

Mais Claude n'insiste pas et tend l'essuie-main au quêteux. Celui-ci de dire: «Qu'est-ce que le chien peut bien avoir à aboyer maintenant? Quand je me suis approché, il est resté muet.»

— Voyageur, ce chien aboie, tourné vers le chemin, contre le mauvais destin du frère que j'ai perdu.

C'est au tour du quêteux d'interroger le cultivateur, curieux d'apprendre quel souvenir ce frère a laissé.

— Il n'a laissé que des regrets et de l'espoir.

— Quel espoir?

— L'espoir de son retour.

— Après tant d'années?

Claude de souffler d'aise car il n'a pas dit depuis combien de temps son frère est parti.

— Voyageur, serait-ce que tu l'as connu?

— Oui, je l'ai connu. Il se nommait Jean Ferron. C'est pour vous parler de lui que je suis arrêté.

Un tel récit, qui ne fait que rapporter les paroles des deux frères, tient du théâtre et peut durer longtemps si le conteur est bon comédien, car la rencontre originale aurait été très longue. Arrivé le midi, le quêteux n'avait admis qu'à la fin de la nuit qu'il était Jean Ferron. Cependant dès la tombée de celle-ci, on pouvait être sûr du dénouement, car le chien cessait d'aboyer; il rentrait à la maison et Claude, dont la

patience était inépuisable, pouvait redire à la mort possible de son frère, en Colombière, près du deuxième
océan:

— D'une telle blessure, en pareil combat, un
autre que lui aurait péri, je n'en doute pas.

— Je l'ai quitté, il était à deux doigts de la mort.

— Ces deux doigts lui auront permis, voyageur,
de se dévirer de justesse du côté de la vie.

— Je voudrais bien le croire.

— Moi, j'en suis certain car le chien est rentré; le
mauvais destin de mon frère n'est plus dans le chemin.

— Où donc est-il passé?

— Voyageur, il n'y a plus de mauvais destin; mon
frère, pour cette nuit, peut-être pour toujours, est en
sauveté dans une maison où il se sent bien dans sa
peau, à l'abri de la gent ténébreuse.

Ce fut ainsi que le troisième frère, celui de l'aventure, resta parmi les siens et mourut à Saint-Léon-en-
Maskinongé, y rapportant et fixant le centre du
monde. Ce fut ainsi que les Ferron, en plus de semer le
blé français et le sarrasin, se firent fabuleux pour donner regain à un vieil héritage, relancer le conte et la
chanson qui font partie des nécessités de la vie. Dès
lors, tels les Gélinas pour les Bellemore, rien ne les
empêchera d'avoir leurs vantards, leurs glorieux, et de
faire souche des de Portanqueu...»

Mon père referma sa bible, le dimanche n'était
pas fini; je lui fis remarquer que son folklore édifiant,
sa saga ferronnienne et hérétique, ne m'avait pas fait
voir le comté de Maskinongé, au-delà de la mer des
Tranquillités. Il me répondit: «Tinamer, il faut

d'abord que tu saches que cette mer n'est qu'une
représentation lunaire du lac Saint-Pierre, grande étendue d'eau sans profondeur dont le comté sort en douceur par des prairies basses et mouillées qui ne sont
bonnes qu'à la couleuvre et à la grenouille-buffle, dont
le grand foin cache le partage de la terre et des eaux.»

«Maître serpent des paradis printaniers
Laisse derrière lui des chemins sinueux
Qui montent vers le sec et par lesquels
On gagne les hauteurs de Chacoura
Où dès juin, chaque été,
On fait les foins pendant que le pois
De la gaudriole
Fleurit au flanc du coteau.
Au-delà de Saint-Léon, déjà
L'automne avance ses collines
Pour cacher le Bout du monde,
Saint-Paulin, Saint-Alexis,
Et garder secrètes les fontaines
De la rivière du Loup.

Adam suit sa côte d'Ève;
Il monte des bas vers les hauts
Du comté
Flanqué de deux anges tutélaires,
L'un vers Berthier, le matin,
L'autre vers Machiche, le soir,
Deux anges qu'il ne voit pas très bien
Dans son ombre.

Derrière lui, derrière toi,
Parmi les joncs et les canards de bois,
La petite sarcelle arrive
Et la grosse outarde.
La chasse sévit dans la baie des Ouines,
Sur toutes les battures
Du lac Saint-Pierre;
Elle sévit, ma cousine,
Et nous allons à la nôtre:
Il n'y a pas de pommier
En Maskinongé.
Viens que nous mangions
Au moins des cenelles.

Les piquants de l'aubépine
Cachent la lancette
De Maître Serpent.
Où finit le bien, cousine,
Où commence le mal?
L'orignal à perdre l'âme
Brame pour le combat;
Il ne t'aperçoit pas
Juchée sur son panache,
Tu me tends le fruit défendu,
Le fruit piqué des vers,
Dont il reste encore des morceaux
D'innocence
Rendus exquis par la gelée.»

Je crus comprendre que ce comté de Maskinongé,
commençant par des plaines, finissait en collines, que
je ne devais en attendre plus de précisions de Léon de

Portanqueu, esquire, étant donné que c'était le pays de son enfance, son pays particulier qu'il ne pouvait livrer, malgré qu'il en eût, et que je n'y serais jamais qu'une bécasse du Canada. J'avais d'ailleurs mon propre pays, faisant pendant au sien, de l'autre côté de la mer des Tranquillités.

CHAPITRE HUITIÈME

J'eus de nouveau accès au sous-bois, du bon côté des choses, quand mon pays, le domaine de mon enfance, cessa d'être une maringouinière, vers le milieu du mois d'août. Je n'y pénétrais pas trop avant, encore impressionnée par la bécasse aux yeux ronds, au bec pointu, au *naso brutto* superflu, par sa cage de laiton, le sabbat où elle m'avait menée; j'avais beau me dire que cette métamorphose relevait du rêve, je l'avais éprouvée ne sachant pas que je rêvais, tout autant que si je l'avais vécue; elle pouvait d'ailleurs être encore plus significative en ne correspondant pas à la réalité. Je ne me risquais donc dans le bois que juste assez loin pour ne pas perdre de vue la maison et pour espérer revoir en même temps la fillette aux cheveux blonds et aux yeux verts, Messire Hubert Robson, son protecteur, et Monsieur Northrop en compagnie duquel je l'avais aperçue une fois lors des derniers beaux jours de mai. Il me semblait que j'avais été impolie envers elle, sauvageonne et farouche autant qu'une bécasse; si je la revoyais, je me promettais, cette fois, de lui parler, et même, avec de la veine, de devenir son amie. Je supposais qu'il s'agissait d'une unique petite personne du nom de Mary Mahon, mais je n'en avais pas la certitude. Il y a moins de fillettes blondes aux yeux verts que de brunettes comme moi, mais il y en a encore plusieurs et celle qui tenait la main du vieux gentleman n'était peut-être pas la même que cherchait le pauvre prêtre.

Durant toute une semaine je les attendis en vain. Mes trois chats rôdaient autour de moi. À part eux, je ne vis que des petits d'oiseaux, bien aussi gros que leur père et mère, mais maladroits et entêtés, qui, au lieu de se préparer à descendre en Floride, au Mexique, à Cuba, se faisaient tout un drame d'être sortis du nid et dont Jaunée, Bouboule et Thibeau apaisaient les plus bruyants. Puis, alors que je ne pensais plus guère à lui, Monsieur Northrop sortit d'une talle de cornouillers; il passa près de moi, tout en courbettes et en cérémonies comme à l'accoutumée. Le temps de me ressaisir, il avait disparu derrière mon dos. Je me retournai aussitôt: il se trouvait à quelques pas de moi, arrêté pour consulter sa montre. Comme je m'attendais à le revoir, lui, le premier, je m'étais préparé une entrée en scène. Je le rejoignis: «Monsieur, dis-je, aimez-vous les carottes?» Il feignit de ne pas m'entendre. Je répétai ma question, alors il sortit de son ravissement, parut très surpris, voire un peu inquiet.

— Comment? Comment? fit-il.

— Monsieur, aimez-vous les carottes?

— Comment pouvez-vous savoir?

— Mon Dieu!...

— Répondez, c'est très important.

Je me sentais intimidée. L'entrée en scène n'était

pas à proprement parler de moi. C'est mon père qui m'en avait donné l'idée et je ne pouvais pas m'empêcher de penser qu'il n'était pas un homme de tout repos, pas méchant, mais mystificateur à ses heures. Il m'avait dit: «Pose-lui cette question-là et tu verras, Tinamer, malgré l'excellent dressage auquel il a été soumis, qu'il a gardé intacte sa nature de lapin.» Je n'en doutais pas, mais je craignais qu'à le dire je ne parusse mal élevée à ce gentleman aussi courtois que délicat.

— Mon Dieu, repris-je d'une voix pâle, quand on a déjà été lapin, il est tout naturel d'aimer les carottes.

— Les carottes, avez-vous dit? Oui, en effet, je les aime beaucoup, petite Madame.

J'en avais caché une dans ma manche. Cela faisait partie de mon stratagème. Je la lui tendis, il la prit et, sans même me remercier, se mit à la grignoter très vite, du bout de ses incisives.

— Monsieur Northrop, lui dis-je, je sais que vous êtes Anglais de nation et de profession, que vous l'êtes par mérite plus que par tempérament, mon père me l'a appris, comme c'est de lui que je tiens qu'auparavant vous étiez lapin. Je comprends que vous vous arrêtiez souvent en chemin pour consulter votre montre et que vous soyez toujours content de l'heure...

S'arrêtant de grignoter, il m'interrompit:

— Pourquoi serais-je toujours content de l'heure?

— Parce qu'à présent que vous êtes Anglais, jamais plus vous n'êtes en retard. Ça, c'est un fameux avancement. Autrefois vous craigniez sans cesse que la

Duchesse ne vous fît couper la tête, souvenez-vous: pas moyen d'y échapper, disiez-vous, aussi vrai que deux et deux font quatre.

— Voilà un curieux raisonnement, fit-il en jetant le trognon de sa carotte, un bien curieux raisonnement!

Inquiet, il tira vivement sa montre de la pochette de son gilet, regarda l'heure et fut entièrement rassuré. Mais, en même temps qu'il consultait ainsi sa montre, profitant que toute son attention était tournée vers elle, j'avais pu constater qu'il ne s'agissait pas d'une montre mais d'une boussole.

— Oui, en effet, je ne suis pas en retard. Quelle satisfaction, ma petite dame, quelle grande satisfaction!

Il referma le boîtier et remit la boussole dans la pochette de son gilet. Je pensai lui demander l'heure, puis il me sembla que ça serait indiscret. Je lui dis à tout hasard: «Monsieur Northrop, une chose que je ne comprends pas, c'est le jeu des quatre coins. — Ah oui! le jeu des quatre coins», fit-il en prenant un air aussi sérieux que si je lui avais parlé de la passion et de la mort de Rédempteur Fauché, enterré la tête au nord par Doudou Boulet, l'homme de main du roi Hérode.

— Dans ce jeu, repris-je, quatre garçons se placent à chaque coin. Ils se nomment Will South, Alfred East, Timothy West et Henry North.

— Oui, en effet, ma petite dame.

— Plus tard, devenus marins, chacun d'eux partira dans la bonne direction.

— Oui, c'est certain.

— Alors dites-moi, Monsieur Northrop, que restera-t-il entre les quatre coins, au milieu de plus en plus vaste, de plus en plus vide?

Il me répondit qu'au centre du jeu il restait une petite maison avec pelouse, haie et grimpants, presque invisible dans la verdure, «une maison que nous nommons *home*». Il eut un long soupir et regarda autour de lui.

— Même si je ne suis pas en retard, tout n'est pas encore parfait ici: les chênes que j'ai plantés sont loin d'être assez grands pour être réquisitionnés par la marine de Sa Majesté la reine Victoria. Il me faudra encore patienter trente ou quarante années avant que ce bois soit transformé en une forêt de mâts. Mais il y en aura pour toute une flotte, ah oui! petite dame, pour toute une flotte! Alors, larguez les amarres! Nous hisserons les voiles à la place des feuilles et la marée nous emportera vers la Grande-Bretagne.

Monsieur Northrop était tout ému, tout tremblant. Jamais il ne s'était laissé aller à tant parler. Je me disais en l'écoutant que son entreprise de reboisement lui susciterait un fier ennemi en la personne de Léon de Portanqueu, esquire, fin causeur et fils de cultivateur. Je me disais aussi que la Grande-Bretagne, ça devait être son comté de Maskinongé à lui. Quant au déménagement maritime de mon domaine, je le trouvais extravagant, pour ne pas dire inepte. Heureusement qu'il n'était pas pour demain! À cause du délai, trente ou quarante années, une éternité! je me gardai bien de m'en formaliser. Mine de rien, je demandai seulement au vieux gentleman s'il emmènerait alors sa petite amie. Il s'enquit de laquelle. Je le regardai, surprise: à mon avis il n'y en avait qu'une.

— Celle qui a le bec pointu, les yeux ronds, hauts placés sur la tête, et qui me regarde comme une petite bécasse?

— Non, l'autre.

J'étais aussi honorée qu'il me considérât, moi, Tinamer de Portanqueu, comme une de ses amies que vexée qu'il me comparât à un oiseau contre lequel je n'avais que du ressentiment.

— Quelle autre?

— Mary Mahon.

Il ne connaissait personne de ce nom.

— Elle vous tenait la main. C'était le matin où les pissenlits ont fleuri. Vous vous trouviez, tous les deux, à l'orée du bois. Elle avait les cheveux blonds et les yeux verts. Elle me parut si belle que je n'ai pas osé lui parler.

Monsieur Northrop me répondit mystérieusement que celle-là n'était pas une petite fille.

— Que serait-elle alors?

— Je ne sais pas. On peut supposer une manière de petite fée. Chaque année, je la vois sortir d'un terrier de renard ou de marmotte. Elle vient voir fleurir l'amélanchier. Puis elle s'en va. Où? Dieu le sait. Et je n'ai plus de ses nouvelles jusqu'au printemps suivant.

— Elle doit avoir un nom.

Monsieur Northrop me répondit qu'en effet il était fort possible qu'elle en ait un.

— Je la vois si peu que je n'ai jamais eu le temps de le lui demander.

— Autrement dit, vous ne savez rien sur elle.

— Pas plus que je ne vous en ai dit, ma petite dame.

— Elle pourrait se nommer Mary Mahon.

Monsieur Northrop haussa les épaules et fit quelques pas comme s'il voulait partir.

— Dites-moi, Monsieur Northrop, qu'elle pourrait se nommer Mary Mahon.

Il me répondit sèchement, lui si bonasse, si complaisant que si elle voulait avoir un nom, elle en prendrait un mais qu'il n'en voyait nullement la nécessité. Sur ce, il entre dans un fourré d'aulnes dans lequel il y a, couleur de cannelle, avec des motifs en feuilles d'automne sur le dos, une bécasse qui se lève avec un sifflement d'ailes, tournoie au-dessus du fourré en vrombissant, puis se laisse tomber sans bruit vers une autre talle d'aulnes plus loin, dans le bois. Pour ma part, je regagne la maison. Etna prépare le souper, l'air de dire: — Quand ce n'est pas un repas, c'est un autre. Elle voudrait peut-être que nous mangions une fois pour toutes. Mais après, de quoi se plaindrait-elle? De tout en général et de moi en particulier, c'est entendu. Elle se plaindrait même beaucoup plus que maintenant, parce qu'au moins maintenant elle a le souper pour s'occuper. Je me demande parfois si son tourment n'est pas d'être seule, son mari parti pour la journée, avec une fille qui parle, à qui elle parle, mais qui ne lui est quand même pas une compagnie. Il faudrait peut-être revenir à la polygamie. Il y aurait moins de solitude dans les petites maisons de banlieue.

— D'où viens-tu, Tinamer?

— Du bois. J'ai vu une bécasse.

— Ah oui? fait Etna, et elle se met à rire, preuve qu'elle se souvient de tout. Je pense que c'est bien malheureux, mais que j'ai une mauvaise mère.

— À quoi penses-tu, Tinamer?

— À rien.

— Bon, boude maintenant. Je ne vois pas Mademoiselle de l'après-midi...

— Tu étais bien débarrassée, avoue.

— Pas du tout... Et puis elle rentre, mais c'est pour bouder.

— Je ne boude pas, je pense.

— Tu viens de me dire que tu ne pensais à rien, Tinamer.

— Si je t'avais répondu que j'avais une mauvaise mère, qu'aurais-tu dit, Etna?

Etna de se retourner pour m'examiner.

— Qu'est-ce que je t'ai fait, Tinamer?

Oser me demander ça! Dommage que la flotte de Monsieur Northrop ne soit pas prête avant trente ou quarante années! Je partirais avec lui pour l'Angleterre, oui, parfaitement, même si je ne parle pas anglais.

— Dis, qu'est-ce que je t'ai fait?

Vaut-il la peine que je lui dise la vérité, qu'elle m'a faite les yeux écartés, trop hauts, tout ronds, le nez pointu, le teint brun, pour ne pas dire cannelle?

— Oui, tu m'as faite ainsi et ensuite, quand je te dis que j'ai vu une bécasse, tu te mets à rire. Il faut que tu sois vraiment une méchante mère pour rire ainsi de moi.

Etna ne comprend pas très bien. Du moins elle feint de ne pas comprendre.

— Tu es une très jolie petite fille, Tinamer; il n'y a personne au monde, plus que moi, qui soit fière de toi.

— Tu fais semblant. Le seul qui soit vraiment fier de moi, c'est mon père. C'est pour cela que tu es jalouse, c'est pour cela que tu m'as transformée en bécasse. Mais oui, regarde-moi: je suis une petite bécasse. Tu es si contente que tu ne peux pas t'empêcher de rire quand je te dis que j'en ai vu une dans le bois. Je l'ai dit exprès, parce que tu penses bien que je n'en ai pas vu, exprès pour t'entendre rire. Et je t'ai entendue. Je suis certaine à présent que tu es une mauvaise mère.

J'en ai peut-être trop dit. Etna ne semble plus excédée par le tracas de la maison. C'est avec bonne humeur, même avec jovialité, qu'elle met la table maintenant.

— Tu déparles, Tinamer, tout simplement parce que tu as faim. Prends patience, ton père est à la veille de rentrer.

Le grand argument des mères. Quand la tête ne suffit pas, elles le sortent de leurs tétons: «Tiens, mange et ne chiâle plus.» Elle ajoute, en me regardant de face et de profil, que ma ressemblance avec la bécasse n'est pas des plus saisissantes et que la personne que je lui rappelle le plus est ma grand'mère Esméralda, très jolie femme, la propre mère de mon père. Quand celui-ci s'amène, il est lui de même comme un nourrisson, tout Léon de Portanqueu, esquire, qu'il soit: il a faim. Le souper fume sur la table. Etna semble à présent très grande. Elle nous regarde d'un air énigmatique, à la fois tendre et narquois. Elle nous sert, puis elle mange avec nous sans hâte, montrant ses bonnes manières. Elle demande à Léon s'il a fait une bonne journée. En appétit, il répond: «Excellente.» Ce qui veut dire dans mon esprit qu'il aurait pillé deux ou trois banques. C'est quand même un homme courageux que mon père.

— Et toi, Tinamer?

— Tinamer, elle a eu la chance de voir une bécasse dans le bois.

Léon de Portanqueu me félicite car il n'y en a pas beaucoup dans le bois, trois ou quatre tout au plus.

— Tu as été chanceuse, Tinamer.

— Ne trouves-tu pas, Léon, qu'elle devient plus jolie de jour en jour, notre fille? Ce qu'elle ressemble à ta mère Esméralda!

Ils me regardent avec complaisance comme des complices heureux qui pensent déjà à m'envoyer coucher pour causer seul à seul de leurs sales combines. Ma petite bécasse, les yeux écarquillés, le bec long comme jamais, s'envole comme une boule stridente, toute seule au-dessus des aulnes noirs.

CHAPITRE NEUVIÈME

Lorsque j'accompagnais mon père, les samedis ou les dimanches, je m'attendais toujours d'une fois à l'autre à ce que nous dépassions le bout du bois et qu'assis côte à côte sur la grève de la mer des Tranquillités, qui lui succède, nous nous reposions avant de revenir, cherchant à distinguer en face de nous, dans la fumée bleuâtre de l'horizon, les collines du comté de Maskinongé. À chaque éclaircie de forêt, je me croyais arrivée, mais au lieu de ce grand débouché, de cet immense espace, ce n'était que des petites clairières ou le jardin de la maison. Mon père ne tenait pas à me montrer sur le terrain ce que j'avais si bien vu sur la lune par la lunette de son télescope; la réalité n'était plus à la mesure de sa volonté. Un jour, je l'avais entendu, ce Léon de Portanqueu, esquire, drapé dans ses vieilleries, déclarer à ma mère Etna:

— Si un père n'est plus capable de présenter le monde à son enfant comme l'expression de sa volonté, c'est bien simple, il ne faut plus faire d'enfants.

Et à le voir ainsi dans sa vétuste robe de chambre, sa relique du massacre de Lachine qui lui venait d'un ancêtre cabaretier, maquereau et voleur comme lui, à

l'entendre avouer son impuissance, j'avais pensé qu'il
était lui-même une vieillerie. À mesure que les années
passaient, il voyait se défaire le domaine de mon enfance et le maintenait de peine et de misère, par exemple en tournant sur place dans le bois, les samedis et les
dimanches, pour ne pas en atteindre le bout. Déjà son
partage des choses en bon et mauvais côté n'était plus
aussi net qu'il l'avait voulu.

À tourner, à retourner, à faire des ronds et des
huit, nous pouvions marcher à notre saoul, des heures
et des heures. Mon domaine restait immense. Nous
avions des endroits pour nous reposer avant d'atteindre la mer des Tranquillités, des endroits qu'affec-
tionnait mon père, en particulier les interminables
murailles d'épierrement qu'on devait franchir et re-
franchir çà et là dans le bois, autour de ce qui avait été
autrefois des champs portant moisson de blé, d'avoine
et de sarrasin, d'excellentes moissons, prétendait-il.
«Vois, Tinamer, comme la terre est bonne», et il la
laissait couler entre ses doigts, toute noire et un peu
poisseuse, comme si cette terre eût été la substance la
plus précieuse du monde, un principe de vie; il le faisait avec un air de bien-être et de délectation qui se
mitigeait peu à peu de tristesse. Les murailles, consti-
tuées par les cailloux enlevés un à un, à la main, des
planches de labour, restaient le monument d'une peine
infinie, d'une peine à faire pleurer, disait-il, du
moment qu'elle est devenue inutile.

— Il n'y a rien de plus beau, prétendait-il encore,
que le travail de l'homme marié à la générosité de la
terre maternelle.

Il ne semblait pas avoir pour les plantations forestières de Monsieur Northrop toute l'estime voulue. Celui-ci se montrait-il, que mon père feignait de ne pas l'apercevoir, mais comme par hasard, chaque fois, il lançait un caillou juste dans sa direction. Monsieur Northrop faisait un bond de côté et disparaissait.

— Un pays qui ne se nourrit pas lui-même n'est pas un pays.

Il disait encore:

— Tu verras, Tinamer, quand il auront tout bousillé, tout gaspillé, Hérode, Ogou Feraille, Papa Boss et compagnie, tu verras, ils te feront manger du plancton et de la cellulose.

Il parlait ainsi rarement, comme malgré lui. Ensuite il cherchait à replâtrer le bon côté des choses à coup de botanique, d'entomologie et d'ornithologie laborieuses. Il me montrait des asters qui fleurissent contre tout espoir le jour même qui précède la nuit de la première gelée blanche, l'étonnant concerto de la salicaire et du couchant, l'apparition des premières mésanges et des geais bleus gouailleurs et effrontés. Mais la fissure restait et peu à peu le mauvais côté des choses s'insinuait dans le bon. Des coups de feu éclataient. La chasse finissait la saison. Contre qui pouvait-on tirer sinon contre la petite bécasse? Au moins si nous avions pu rejoindre, au-delà de mon domaine précaire et menacé, la grève de sable, au bord de la mer des Tranquillités! La semaine de l'amélanchier était passée depuis longtemps. L'été croulait d'étage en étage. Ça serait bientôt novembre.

Si je retournais dans le bois sur semaine, seule,

malgré la boue qu'y laissaient les pluies d'automne, c'est que je n'avais pas revu Messire Hubert Robson. Je l'attendais. Il m'avait promis de revenir. Par Monsieur Northrop qui ne me saluait plus que de loin désormais, sans doute à cause des cailloux que mon père lui avait jetés, je tenais une nouvelle pour lui, ah! une bien pauvre nouvelle, la supposition que Mary Mahon fût une petite fée. Un jour, le ciel était bas, il pleuvait encore un peu, Etna m'avait obligée à mettre un ciré et des bottes, je le vis paraître, plus exténué que jamais, sa pauvre soutane en loques et les souliers comme des sabots, gros de boue. Il gardait néanmoins des yeux d'enfant, d'un bleu limpide et profond quand il souriait. Car il souriait encore malgré sa peine de ne pas avoir retrouvé Mary Mahon, malgré sa fatigue immense, malgré l'hiver qui s'en venait et le jour des morts où il devrait redescendre en purgatoire pour continuer d'y purger sa peine d'un trop grand attachement terrestre; il souriait parce qu'il était un homme si absolu qu'après des années et des années de recherche inutile il ne désespérait point de retrouver cette Mary Mahon. Mon père, qui pouvait être sérieux, qui l'était peut-être beaucoup plus que je ne le croyais, m'avait appris que certains prêtres sont des saints. Messire Hubert Robson, nonobstant son purgatoire et son errance, en était sûrement un. Dès qu'il m'aperçut, ses yeux devinrent limpides et profonds, je le trouvai si beau que je faillis me mettre à pleurer.

— Je comprends, dit-il, tu ne l'as pas revue. Ne pleure pas pour ça, Tinamer. Cesse de faire les yeux ronds et le nez pointu. Tu n'es pas une bécasse, mais une brunette très jolie et gentille.

Quelques cailloux de la muraille d'épierrement ne paraissaient pas mouillés. Nous nous assîmes côte à côte. Il replaça son rabat noir des ecclésiastiques de l'ancien temps. Lors de son décès, en 1847, l'année du typhus, il avait trente-neuf ans et deux mois environ.

— La première fois, je ne savais pas encore que c'était elle. J'étais à réciter mon bréviaire, une enfant toute en sueur et en larmes accourut vers moi en disant: «Venez, venez vite, mon père se meurt.» Je la suivis aussitôt dans la forêt de Tingwick où, dans une pauvre cabane, sur quelques branches de cèdre et de sapin, son père, Peter Mahon, natif d'Irlande comme moi et tailleur de son métier, se mourait en effet. Je lui administrai les derniers sacrements et m'en revins au presbytère, ne sachant pas que désormais je n'aurais plus la paix.

— À cause de la petite fille blonde toute en sueur et en larmes?

— Je tentai de l'oublier. Après tout, on ne peut s'attacher à toutes les misères que l'on rencontre. Mais cette petite misère-là était plus tenace qu'une autre. J'appris qu'après la mort de son père elle avait été placée chez un ministre protestant, à Windsor Mills. Je me rendis auprès de ce collègue qui accepta volontiers de me confier l'enfant lorsque je lui eus appris que j'avais fait la promesse à Peter Mahon, mourant, de la prendre sous ma garde.

— C'était vrai?

— On dit bien des choses aux gens pour les aider au trépas. Je ne sais si c'était vrai mais c'était bien possible. Il fut convenu que le Révérend ministre m'enverrait la petite fille par le *stage* qui voyageait de

Sherbrooke au Port Saint-François. Quand Mary Mahon frappa à la porte du presbytère, je n'y étais pas. La servante lui dit de m'attendre dans la cuisine. Lorsque enfin j'arrivai, je courus à la cuisine et je n'y vis que sa pauvre malle d'orpheline. J'étais désespéré. On la chercha partout dans le village et les environs. Pendant deux jours, on battit la forêt de Grantham et de Wendover. Cris de cor et coups de fusils, tout fut inutile. J'en fis une maladie. L'évêque pensa bien faire en me transférant à la cure de Saint-Raymond, de l'autre côté du fleuve, pas très loin de Québec. J'étais jeune, bien constitué, je retrouvai la santé, la triste santé pour vivre une triste vie jusqu'à ma triste mort.

Je voulus lui prendre la main pour le consoler, toute noiraude à cheveux de garçon que j'étais. Il me dit: «Non Tinamer, ce n'est pas possible. Écoute-moi seulement, même si je t'ennuie.» Il continua, l'étrange prêtre, en homme amoureux des enfants mais qui ne sait pas leur parler. Je comprenais surtout que ce qu'il disait était beau. Il était mort, Mary Mahon n'avait plus cinq ans depuis un siècle et demi; néanmoins il continuait de battre tous les bois du Bas-Canada dans l'espoir de retrouver la petite fille blonde, aux yeux verts, qu'il n'avait fait qu'entrevoir dans les cantons des Bois-Francs.

— Quand je disais mon bréviaire devant le presbytère de Saint-Raymond-de-Portneuf, je me rappelais les vallons de Durham, les montagnes de Kinsey et de Shipton, les forêts de Tingwick et les plaines de Stanstead; je revoyais les campagnes à demi déboisées, la fumée des perlasseries, mes va-et-vient de missionnaire et partout, toujours, un petit visage tout en larmes et en sueur... Un jour je reçus une lettre de Saint-Antoine-de-Tilly dont la lecture me fit tressaillir; elle était de la main du curé, le Révérend Louis Proulx. Il m'apprenait qu'un matin une petite fille et une idiote étaient arrivées, à moitié mortes de faim, au moulin à farine de Monsieur Grindelaire. Plusieurs cultivateurs s'y trouvaient, attendant leur mouture, car il s'agissait d'un moulin à vent et, ce jour-là, il ne ventait pas. La petite fille fit pitié à ces cultivateurs parce que la folle, qu'on supposait être sa mère, la maltraitait sans cesse. L'un d'eux, Monsieur Sévigny, plus apitoyé que les autres parce qu'il n'avait pas d'enfants de sa femme, bien qu'il fût marié depuis une dizaine d'années, fit comprendre par signes qu'il désirait adopter l'enfant. La marâtre parut acquiescer avec plaisir à cette offre; elle vint déposer dans les bras du brave cultivateur la petite fille qui ne fit aucune résistance. Monsieur Sévigny, sans attendre sa farine, s'est empressé de l'emmener à la maison.

Le Révérend Proulx qui était au courant de mon déboire, terminait en disant qu'elle s'y trouvait encore, choyée comme une reine. Quant à la pauvre insensée qui l'avait sans doute volée alors qu'elle m'attendait dans la cuisine du presbytère, elle avait erré quelques jours dans la paroisse de Saint-Antoine-de-Tilly puis aurait repris le chemin de la forêt.

— Qu'avez-vous fait, Messire?

— J'ai remercié mon collègue, tout simplement. Après voir tant cherché à retrouver Mary Mahon, je craignais de la revoir à présent que je la savais en sûreté. Quelques années plus tard, elle devenait religieuse chez les Sœurs de la Charité de Québec. Je l'allai voir. C'était une jeune nonne respectueuse et distinguée qui me tint des propos cohérents et empruntés que j'avais déjà entendus des centaines de fois. Je ne remarquai même pas si elle avait les yeux verts. Je l'ai quittée le cœur malade comme je l'avais eu à Tingwick. C'était l'année du typhus. Je demandai à être envoyé à la Grosse-Île. Bien doué physiquement, je descendais dans la cale des vaisseaux, où, enfoncé dans la boue jusqu'à la cheville du pied, je retirais les malheureux qui s'y trouvaient et les transportais sur mes épaules jusqu'à l'hôpital. Je n'ai pas tardé à être moi-même atteint; transporté à l'Hôtel-Dieu de Québec, le 25 juin 1847, j'expirai le premier juillet. Auparavant, entre le saint crucifix et moi un petit visage couvert de sueur et de larmes, les yeux verts, les cheveux blonds, s'était interposé et c'est le visage de Mary Mahon que j'avais vénéré.

Messire Hubert Robson avait terminé son récit, je me taisais. Faisant sans doute allusion à la cale des vaisseaux pestiférés, il ajouta: «Comme tu vois, Tinamer, il y a longtemps que j'ai les souliers gros de boue.»

— Et si je vous disais, Messire, que Mary Mahon est une manière de petite fée, qu'elle sort des terriers au printemps pour voir l'amélanchier en fleur comme une grande girandole en bordure des clairières et qu'ensuite on n'a plus de ses nouvelles pour tout le reste de l'année?

Alors il daigna sourire, ses beaux yeux s'appro-

fondirent en même temps que sa physionomie figée de
saint se relâchait et se mettait à vivre. Je compris que je
ne l'avais pas blessé. Je fus contente et me mis à rire
pendant qu'il me pinçait le menton et disait: «Tinamer, Tinamer, quelle drôle de bécasse tu es!» Puis il se
leva et me dit de l'attendre, qu'il reviendrait le printemps prochain.

Ce fut cette année-là que ma mère Etna com-
mença à m'apprendre les lettres et les chiffres. En dessous de ses gros sourcils, elle avait, elle aussi, de beaux
yeux. Je n'éprouvais plus d'antipathie à son égard. Je
la trouvais même plaisante et chaleureuse. Un jour, je
ne pus m'empêcher de lui dire qu'elle avait le même
regard que Messire Hubert Robson.

— Tu ne le connais pas?

Non, elle n'en avait pas la moindre idée.

— Ce que tu peux être ignorante!

— Assez pour t'apprendre tes lettres et tes chiffres.

Je lui racontai l'histoire du saint prêtre. Elle la
trouva belle.

— Mais comprends-tu, toi, qu'on puisse aimer
autant un enfant?

Je ne le comprenais absolument pas. Alors elle me
dit en me pinçant le menton, elle aussi, elle me dit:
«Tinamer, ma petite bécasse, moi je comprends parce
qu'il n'y a rien d'autre, rien, tu m'entends, à aimer.»

— Et Monsieur Léon de Portanqueu?

— Monsieur Léon de Portanqueu est une grande
bête complète. Son père et sa mère l'ont déjà aimé, ça
suffit. Tout le reste ça serait du superflu et ne pourrait
servir qu'à le gâter.

— Juste un peu?

Etna fit la moue.

— Oui, dit-elle, je le gâterai un peu, juste un peu, Tinamer, pour te faire plaisir.

CHAPITRE DIXIÈME

Le temps vint où je dus aller à l'école qui se trouvait, comme bien on pense, du mauvais côté des choses. Ma mère Etna ne me demanda même pas mon avis; il ne lui serait pas venu à l'esprit qu'il fût possible de ne pas y aller. C'était pour elle une obligation à laquelle tout le monde devait se soumettre, bon gré, mal gré. Elle m'encourageait à le faire de bon gré, voire avec plaisir. Quant à discuter, pas question. Avec mon père non plus. Après avoir compté sur lui, je réalisai qu'il n'interviendrait pas. Il ne m'encouragea ni ne me découragea, évasif. Je lui parlais, il ne m'écoutait pas comme si je lui étais devenue indifférente, du moins à ce propos. Je fus surprise de le trouver sans autorité, incapable d'en convenir. Cela m'enleva toute velléité de résistance. J'allai à l'école malgré mes craintes et mes répugnances, passant par les rues redoutables, par la nôtre supposément nommée Bellerive, puis par une autre dont le nom n'avait aucun sens, la rue Maple, où se trouvait l'école. Je risquais de m'égarer et d'être emportée dans le labyrinthe avec les chiens perdus et les enfants abandonnés vers le Minotaure, dont mon père ne m'avait que trop parlé. J'appréhendais une attaque sauvage de la part des missionnaires

américains, la Pentecôte du napalm, le rire énorme de
Papa Boss et le massacre des saints innocents par le roi
Hérode, un parent de Tom Wagner, spécialiste en
bingo et carnaval, qui habitait dans nos parages; j'appréhendais surtout le troupeau des lépreux précédé par
un cardinal à cheval, en route vers la papauté. Ma
mère Etna devait venir me reconduire pendant que
Bélial, resté seul à la maison, hurlait.

Elle devait de plus venir me chercher après la
classe. Or, le dernier jour de la semaine, à la fin de
l'après-midi, je sortis, elle n'était pas devant l'école. Je
restai sur le perron, croyant qu'elle était en retard. Je
ne tardai pas à perdre cette illusion. Le temps passait,
passait, et Etna ne venait toujours pas. Je pensai
qu'elle m'avait oubliée, ce qui de la part d'une mère
n'est déjà pas un signe d'amour, mais le temps passait,
passait et je dus me rendre à l'évidence de sa méchanceté, qu'elle m'avait froidement abandonnée, de façon
déterminée, pour m'obliger à revenir seule au risque de
me perdre, d'être piétinée par les lépreux, assommée
par les Américains, enlevée par les séides d'Hérode ou
par les rabatteurs du Minotaure. Je ne bougeais pas du
perron. La semaine finie, tout le monde se dépêchait à
s'en aller; l'école se vidait.

Le dernier à sortir fut le Principal, un gros Monsieur joufflu et bedonnant, qui, après avoir verrouillé
la porte, jeta la clé en l'air et la rattrapa en même
temps qu'il se mettait à siffloter, vraiment content,
très content. Je remarquai qu'il avait le lobe de
l'oreille très développé et qu'il était anormal qu'il ne
portât pas, comme les pachas et autres potentats orien-

taux, des pendants d'oreille, de préférence en anneaux.
Ce Principal ne demeurait pas très loin de chez nous; je
le connaissais, il me connaissait. Il m'aperçut et s'approcha pour me demander ce que je faisais là, sur le
perron de l'école, quand tout le monde était parti. Je
lui répondis que je restais là parce que je n'avais
aucune place où aller, abandonnée par ma mère Etna,
et qu'il me fallait désormais attendre mon père, Léon
de Portanqueu.

— Lui, il viendra me sauver, c'est certain, mais il
me faudra patienter très longtemps, peut-être jusqu'à
la nuit tombante, parce que le vendredi est pour lui une
grosse journée et qu'il a au moins trois ou quatre banques à piller.

Le Principal se mit à rire; il ne savait pas que mon
père était voleur, c'était la première nouvelle qu'il en
avait, il la trouvait bien bonne, le bedon lui gigotait
comme s'il se fût viré et déviré dans la panse; de ses
deux mains il essayait de le saisir et de l'arrêter, mais il
ne le pouvait pas, secoué de partout. Le branle-bas que
c'eût été s'il avait porté de grands anneaux d'argent
aux deux oreilles! Pacha ou Principal, le pauvre
homme me parut complètement stupide.

— Si vous croyez que les voleurs se mettent un
écriteau sur le revers de leur veston pour s'annoncer,
sachez, Monsieur, qu'ils ne gagneraient pas longtemps
le pain de leur famille.

Mon sérieux l'avait troublé. «Après tout, sembla-
t-il se dire, que sait-on de ses voisins? Rien que ce
qu'ils veulent bien nous montrer. Il se peut que Monsieur de Portanqueu soit un pilleur de banques, un de

ces gagnestères qui ont une vie de famille exemplaire, sont de bons voisins et de bons citoyens, comme il y en a de plus en plus paraît-il...» Ces considérations, néanmoins, lui étaient désagréables, affligeantes. Il releva le menton, descendit d'autant ses lobes d'oreilles, prit un ton quelque peu irrité pour me dire: «Tinamer, la maison n'est pas loin, rien ne t'empêche d'y retourner.» Celle-là, je l'attendais.

— Ah oui! Ah oui! pour que je sois capturée par les zouaves, les pompiers, les raquetteurs, le Sanitary Refuse, c'est justement ce que ma mère Etna voudrait! Ou bien que mêlée au troupeau des lépreux, je sois entraînée malgré moi, malgré mes cris jusqu'à Rome!

Là, il ne comprenait plus, non, rien du tout, complètement obtus, Monsieur le Principal, les lobes d'oreilles lui doublant les bajoues. Il ressemblait à un chien saint-bernard. Il me prit par la main et me ramena à la maison, gravement, sans un mot, sans un son, et surtout sans question; il en avait plein le casque de mes réponses. Je le suivis tout bonnement. Sa stupidité, son gros ventre, ses tout petits pieds m'avaient sans doute inspiré confiance. Chemin faisant, je remarquai qu'il marchait comme une demoiselle. Le drôle d'homme que c'était que ce Principal! Je lui demandai s'il avait un harem. Je crois qu'il ne m'entendit pas. Il ne me lâcha pas la main avant qu'il n'eût sonné à la maison et qu'Etna, ma méchante mère, ne fût venue répondre, tout miel et sourire, comme un encensoir à remerciement, baratineuse comme la plus noire des sorcières devant le meilleur des curés saint-bernard, plus fausse que l'église Saint-Antoine de

Longueuil à supposer que cette grand-bâtisse eût été construite en papier mâché. En face d'elle, Monsieur le Principal apparaissait comme un chef-d'œuvre de correction et de probité. Il relata brièvement les faits.

— Ne me remerciez pas, Madame. J'ai eu beaucoup de plaisir à mieux connaître Tinamer. C'est une gentille petite fille. Elle s'exprime très bien pour son âge et semble douée de la plus vive imagination.

Quand ce potentat fut parti, je ramassai une taloche. Je ne bronchai pas. Ce fut Etna qui se mit à pleurer, de rage, prétendant que je lui avais fait honte.

— Ça court le bois comme un lapin et ce n'est même pas capable de revenir seule de l'école, à deux pas d'ici!

La méchante femme!

— Pardon, dis-je, je ne suis pas un lapin. Le lapin, c'est Monsieur Northrop. Je n'ai aucune parenté avec lui. La preuve, c'est que mon père lui jette des cailloux dès qu'il l'aperçoit. Moi, je suis une petite bécasse, tu devrais le savoir, Etna de Portanqueu, toi qui m'as frottée de la tête aux pieds avec une pommade ensorcelée, un spécifique, disais-tu, pour que je devienne couverte de plumes.

— Tu es folle, complètement folle! Avec un père comme le tien, ce n'est pas surprenant.

— Et toi, tu es méchante, plus méchante que le fond de l'enfer! Tu gueules parce que tu t'es trompée dans tes calculs, parce que tu pensais bien que je serais enlevée par le Sanitary Refuse, emportée sur les cornes du Minotaure jusqu'à Rome ou à Jérusalem pour être égorgée par le roi Hérode, dépecée par le pape Pie XII

et dévorée par Papa Boss. Mais j'ai été plus fine que
toi; j'ai attendu sur le perron de l'école que Léon
vienne me sauver, même si je savais qu'aujourd'hui il
finit tard vu que les banques ferment tard. Je l'aurais
attendu jusqu'au milieu de la nuit. Oui, j'étais décidée.
Seulement le Principal est venu me demander ce que je
faisais là, seule sur le perron de l'école, quand tout le
monde était parti. Lorsqu'il a su pourquoi, il a eu pitié
de moi, les bajoues tombantes et les lobes de l'oreille
longs comme des pendentifs. Il m'a ramenée; en plus
d'être une méchante mère, Etna de Portanqueu, tu as
été obligée de niaiser devant lui.

Ma mère voulut savoir ce que j'avais dit au Principal.

— Je ne suis pas une menteuse comme toi: je lui ai
dit la vérité.

— Que ton père était un voleur? Que tu avais peur
du cardinal Léger et de son troupeau de lépreux?

— Oui, bien sûr.

— Eh bien! tu vas nous en faire une réputation,
toi, Tinamer de Portanqueu!

Le soir, quand mon père fut revenu, les poches
bourrées d'argent, content de lui, content de sa journée, elle attendit que je sois au lit pour lui faire son
rapport. Moi, je n'avais parlé de rien, sachant qu'il
n'aimait pas trop m'entendre médire d'Etna. Bientôt
s'éleva son grand rire, un rire irrépressible, tantôt
haut, tantôt bas, un rire qui ne trouvait pas sa note,
qui fusait par tous les tuyaux d'orgues, même par le
mauvais gosier qui le faisait tousser, étouffer, l'obligeait à supplier Etna: «Arrête, Etna, arrête! Tu me

feras mourir!...» Sans doute en était-elle déconfite. Moi, je me gourmais d'aise. Ce rire m'avait mis les yeux trop hauts, trop ronds, fait le bec pointu, très long: je mijotais dans la cannelle. Puis je suis partie comme une boule stridente, petite bécasse délivrée, vrombissant dans la lumière, au-dessus des aulnes noirs... Léon de Portanqueu, allez, ce n'était pas n'importe qui, un Principal à bajoues, à bedon, à pendants d'oreilles; il était mon héros, le cavalier à éperons et à cravache qui mâtait cette rosse d'Etna; il éteignait les volcans malsains, balayait laves et cendres seulement en riant; il était mon père et je me sentais fière. J'étais au septième ciel d'être sa fille.

Hélas! ce fut là son apothéose, la dernière, celle qui ne profite pas aux lendemains d'un homme. Jamais plus par après la bécasse ne montera avec lui. Ce fut comme s'il avait ravalé son rire. Il est descendu du ciel. Il a continué de vivre en dessous de lui-même. Je fus pour quelque chose dans sa déchéance, moi, sa Tinamer et sa prédilection. Il s'est aidé aussi, je pense. Et puis il y a eu ma mère Etna, moins glorieuse que lui, plus tenace, qui laissait passer le grain et continuait son chemin, modeste et remplie de bon sens alors qu'il n'était, lui, le plus souvent, qu'un grand fou, seul de sa confrérie et de son sexe. À la longue, je cédai au penchant de la nature; je ne pus pas m'empêcher d'être d'une autre confrérie, d'un autre sexe.

La semaine suivante, je commençai à me faire des amies à l'école qui, à ma grande surprise, n'avaient jamais entendu parler du bon et du mauvais côtés des choses et circulaient par les rues, seules, sans leurs mères, tout bonnement, le plus souvent en jouant et en riant. Je dus faire comme elles. J'y perdis mes appréhensions. À l'automne, quand la pluie et le dégel rendaient la terre boueuse, nous passions nos jours de congé à jouer sur les trottoirs et même sur la chaussée d'asphalte. J'appris de plus en classe que notre bon cardinal avait abandonné son grand palais sur la montagne pour aller en Afrique par esprit de sainteté et qu'il ne recherchait les lépreux, dans la brousse jusqu'au cou, que pour soigner leur corps et guérir leur âme. Enfin on me dira des choses aimables sur les policiers et même sur les Amerlots.

J'étais une bonne élève et réussissais bien, preuve que tout ce qu'on m'apprenait était vrai. Ainsi le mauvais côté des choses devint-il, peu à peu, le bon côté. Quant à l'autre, le supposé bon, celui qui était sensé aboutir à la mer des Tranquillités et au comté de Maskinongé, il ne me fut pas malaisé, en compagnie de mes joyeuses amies, d'en voir enfin le bout. Ç'avait été mon prodigieux domaine, ce n'était plus grand-chose; on l'avait en partie déboisé, non pas pour renouer avec les anciens travaux, redonner son prix à une longue peine perdue, pour semer de nouveau le blé, le mil et la gaudriole, mais pour y faire passer l'égout, préparer le sous-sol à une nouvelle moisson de cottages, de duplex, de bungalows et de split-levels, pour parfaire le labyrinthe américain et faire monter vers le Très-Haut, le naseau de Papa Boss, de nouvelles émanations de la civilisation pétrolière. En suivant le tracé de l'égout, nous arrivâmes aux trois pistes d'asphalte qui longent le fleuve, en bloquent l'accès, où les chariots automobiles, coléoptères divins, passent à des vitesses folles, et notre découverte n'alla pas plus loin. D'ailleurs, nous pouvions apercevoir le fleuve et mieux valait rester à distance. Si nous avions pu descendre sur la grève de cette merveille de la nature, nous aurions constaté que le majestueux Saint-Laurent était gras d'eau de vaisselle, qu'il puait, égout à ciel ouvert, égout de tous les égouts du Haut et du Bas-Canada, et qu'il charriait des étrons, des étrons à n'en plus finir, avec, çà et là, la charogne d'un nègre américain assassiné à Chicago — encore chanceux que le Mékong ne soit pas un affluent de notre fleuve national et biculturel.

Au-delà, nous pouvions apercevoir les quais de Montréal, quelques cargos, de grands silos et le quartier Hochelaga derrière comme une sorte de désert rouge. C'était tout ce que nous trouvions en face de nous, au bout du bois enchanté et bavard. Le grand pont était plus à l'ouest; il fallut tourner la tête à gauche pour le voir, de même que les merveilles de l'île Sainte-Hélène, les grands buildings de verre et d'acier, un restant du mont Royal et le soleil couchant.

J'eus l'impression de découvrir le vaste monde qui règne partout également, sans bon et mauvais côtés. Ce monde me grandissait. J'avais hâte, pauvre de moi, d'être plus grande encore pour l'affronter et de m'y tailler une place, comme le recommandent d'ailleurs Monsieur Denis Corbeau et les policiers éducateurs. En revenant de cette expédition mémorable qui mettait fin à ma première enfance, je n'eus pas une pensée pour l'amélanchier — dont personne, d'ailleurs, n'avait jamais entendu parler —, pour les pissenlits et le loriot, pour mon domaine irremplaçable qui s'était abîmé, pour la petite bécasse, Monsieur Northrop et sa montre de lapin prétentieux, pour Messire Hubert Robson, le héros de la Grosse-Île qui, de la quarantaine, est passée *out of bound*, tout aussi pestiférée vu qu'on y fabrique à présent des poisons biologiques, avec la bénédiction des prélats italiens et de l'apôtre La Pira, pour le compte des Amerlots; j'avais oublié de même l'amie du pauvre prêtre, sa petite fée aux cheveux blonds et aux yeux verts. Tout ce que j'avais dans la tête, c'est que Léon de Portanqueu, esquire, mon père drapé dans ses guenilles, avec son télescope dérisoire, sa pleine lune en goguette et les supposés abouts du bois, la mer des Tranquillités et le comté de Maskinongé, était un sacré farceur. Je lui en voulais de s'être moqué de moi.

Depuis quelque temps d'ailleurs, devinant que j'avais percé son jeu, il avait cessé de faire le magicien; il s'habillait comme tout le monde, il restait quelconque et distant. Par contre Etna s'épanouissait. Quand je revins à la maison, ce soir-là, le souper fumait déjà sur la table.

— Pour l'amour du ciel, Tinamer, veux-tu me dire ce que tu as fait?

Je répondis que j'étais allée avec mes amies jusqu'au bout du bois, que j'avais vu la route numéro 3, le fleuve pourri et le quartier Hochelaga. Ma mère Etna ne me reprocha pas mon retard. Sans doute pensait-elle qu'au terme de ma première enfance, finies les élucubrations laborieuses du bonhomme, sa propre jeunesse recommençait. Léon de Portanqueu n'eut pas un mouvement; il ne me dit même pas bonsoir. Il mangeait avec une froide détermination et manifestement ne voulait plus rien savoir de moi. La course m'avait ouvert l'appétit. Quand je fus un peu moins pressée de manger, je lui dis, la bouche encore pleine:

— Je ne serais pas surprise, Monsieur Léon de Portanqueu, que tu ne sois même pas un voleur.

Etna se mit à rire.

— Voyons, Tinamer, ne dis pas de sottises.

Léon de Portanqueu la rembarra.

— Que veux-tu qu'elle dise d'autre? Laisse-la faire, c'est une petite sotte. Tout ce que je te prierais de lui demander, c'est de ne pas parler la bouche pleine.

Du coup, j'avalai tout rond ce qui m'y restait.

— Tu n'es même pas un voleur! repris-je.

Il me regarda froidement.

— Mademoiselle Tinamer de Portanqueu, ai-je jamais prétendu que je l'étais? Tu l'as imaginé, je ne pouvais pas t'en empêcher. Tu l'as dit à ton bon gros Monsieur le Principal comme une petite oie sans cervelle — ça prouve quoi? Justement que tu es une petite oie, c'est tout. Il ne te reste plus qu'à aller courir dans le quartier Hochelaga dont tu as vu le désert de briques par-dessus la clôture de la route numéro 3 et la fosse puante du fleuve, derrière les grands silos blancs abandonnés aux rats. Vas-y, ma fille. Vas-y, ta mère Etna ne sera que trop heureuse de t'y conduire.

Léon de Portanqueu se leva brusquement de table, fâché, l'air d'autant plus méchant qu'il était habillé comme tout le monde.

— Vous êtes deux emmerdeuses! Allez-y donc, dans votre cher quartier Hochelaga, allez-y, mais fichez-moi la paix!

Je restai ahurie, le cœur gros. J'eus peut-être les yeux ronds et le bec pointu de la bécasse mais je ne pleurai pas. Etna me dit avec douceur que mon père travaillait trop, qu'il était fatigué et que ça le rendait impatient.

— Il travaille?

— Oui, comme tout le monde. T'avait-il déjà dit qu'il était un voleur?

Là je me mis à pleurer.

— Non, bien sûr, mais il m'avait dit tant de mal, tant de mal, sur le mauvais côté des choses... c'était de ce côté-là qu'il partait chaque matin. Alors moi, parce que je l'admirais, parce que je l'aimais beaucoup...

— Oui, bien sûr, Tinamer.

— Alors j'ai pensé, j'ai pensé que pour gagner correctement sa vie, la nôtre, il devait être voleur... oui, forcément.

Etna essuyait mes larmes, caressait mes cheveux avec beaucoup de douceur, rêveusement. Eut-elle un moment de distraction? Elle me dit: «Tinamer, oui, tu as raison, oui, d'une certaine façon, tout aurait été plus simple et plus logique s'il avait été voleur.»

Elle ajouta:

— Malheureusement ce n'est pas le genre de ton père. Il ne croit plus beaucoup en Dieu mais il y croit encore un peu, juste assez pour penser que le monde peut être encore sauvé.

Tout ce que je comprenais, c'est que j'avais pour père un homme étrange, que j'avais déjà compris et que maintenant je ne comprenais plus.

CHAPITRE ONZIÈME

Mon père s'était détourné de moi et moi de lui, du moins transitoirement, en apparence; il fallait passer par là sans doute, aller chacun de son côté jusqu'au détour qui nous remettrait de nouveau face à face, dans une autre amitié. Cela devait arriver, oui mais, tenant en main le fil du temps, rien ne me pressait d'y arriver; au contraire, la composition de ce livre, l'art du récit me commandaient plutôt de différer ce détachement jusqu'aux dernières pages, puisque c'est lui qui clôt la première saison de ma vie, dont je m'étais donné les années pour sujet. On n'écrit pas toujours comme on voudrait. J'ai tout précipité. Voici Léon de Portanqueu, esquire, habillé comme tout le monde, comme un n'importe qui, un n'importe quoi, parti, et je n'ai pas dit qui il était. Je l'avais cru voleur, je me suis trompée, on le sait. Qu'il ne le fût point n'est pas une indication des plus précises. Bien des gens ne sont pas voleurs, la grande majorité sans compter les voleurs eux-mêmes qui, à moins d'être pendus, n'en font jamais état. Point voleur, n'en parlons plus. Esquire, alors? Mon Dieu! c'est ce que j'ai dit à mes compagnes d'école. Elles savaient toutes ce que leurs pères faisaient. «Et le tien? — Le mien, il est esquire.» Elles n'ont pas trouvé à redire.

Je n'ai pas raconté, non plus, qu'il avait relancé, tout mécréant qu'il était, le ciel et l'enfer sur terre, à l'endroit où ils étaient redevenus nécessaires, du moins à son avis, au Mont-Thabor où il occupait un emploi douteux de geôlier, un emploi qui lui faisait honte et qui aurait été bien plus honteux occupé par un autre, un emploi qui lui tenait à la peau, au cœur, qui le désespérait et dont il ne pouvait plus se passer. Il les avait relancés par pitié, par amour. «Que Dieu soit dans le grenier et Satan dans le caveau!» Et Dieu avait été, et Satan avait été, pressés comme tout de revenir. «Bon, leur avait dit Léon de Portanqueu, esquire, mais restez bien tranquilles maintenant; vous ferez de la figuration, on a besoin de vos locaux, c'est tout.» Il en avait même forgé les clés. Elles sont là, devant moi, sur ma table, la première, longue d'une coudée, de cuivre ou de laiton, avec du plomb dedans, lourde et astiquée comme si elle était d'or, sans doute une ancienne clé de remise ou de grenier; l'autre, noire et rouillée, malsaine et râpeuse n'annonce rien de bon, sans doute une clé de caveau d'un bien vieux caveau, aux solives pourries, à moitié effondré, repaire de crapauds et de champignons. Elles sont là sur un livre traitant de l'orientation lointaine, à portée de ma main, à côté de la boussole de Monsieur Northrop, le gentleman britannique.

Coco disait à mon père, après avoir palpé rapidement chacune des clefs de son gros trousseau de geôlier: «Monsieur Léon, laisse-moi toucher aux autres.»

— Aux autres? elles ne sont pas dans mon trousseau?

Coco se mettait à rire, s'amusant de ce que mon père s'amusât à vouloir le tromper.

— Si elles ne sont pas dans mon trousseau, Seigneur! je les aurai perdues.

Coco riait encore, sachant bien que ces deux clés-là ne pouvaient pas se perdre et qu'elles n'étaient jamais avec les autres, dans le trousseau.

— Non, non, tu les caches dans tes poches.

— Ah oui? Eh bien! trouve-les, mon Coco.

Alors de ses belles mains claires, souples et frémissantes d'intelligence, Coco fouillait Léon de Portanqueu et, immanquablement, trouvait les deux clés extraordinaires qui ne correspondaient à aucune des mille et une serrures du Mont-Thabor. Même s'il les connaissait déjà, il les étudiait chaque fois longuement, la première avec bonheur car c'était la grande clé d'or du Paradis, l'autre avec une certaine répugnance mais avec plus de curiosité car c'était la clé rouillée de l'enfer dans les profondeurs de la terre, du lieu maudit par excellence, mille fois plus noir que le Mont-Thabor qui pourtant restait sombre et n'était guère béni.

— Tu es souvent malade; tu te fatigues trop à deviner ce qu'il y a derrière toutes les portes qu'ouvrent les clefs du trousseau ordinaire. Ensuite viennent les mots; il te faut apprendre toutes les choses qu'ils cachent. Eh bien! Coco, mon vieux Coco, quand cette recherche te rebutera, quand tu rentreras en toi-même, décidé à n'en plus sortir, malade au point de ne plus vouloir guérir, alors n'oublie pas, dis aux gardes de m'appeler; je viendrai et te les donnerai, cette fois, les deux clefs; elles seront à toi, à toi tout seul. Et puis, comme dans un rêve, tu te lèveras de ton lit, tu ne pourras plus te perdre dans les couloirs du Mont-Thabor, tu marcheras comme si tu y voyais, tu arriveras devant deux portes jumelles, l'une à gauche, plus rugueuse que toute la méchanceté du monde, mais l'autre sera douce à toucher, plus douce que toute la bonté du monde, aussi douce en tout cas que la voix de Madame Séguin et la peau de Mademoiselle Élizabeth... Ces deux portes auront deux serrures l'une d'or, l'autre de fonte, et tu tiendras dans ta main, Coco, dans ta belle main de clarté qui a un œil à chaque doigt, dans ta main infaillible, tu tiendras les deux clefs qui les ouvrent... Ouvriras-tu la porte de l'enfer?

Coco de rire encore une fois. C'est tellement plus facile de se faire entendre ainsi quand on se sent déjà compris. Il m'avait remplacée dans l'attention de mon père... Coco, de son vrai nom Jean-Louis Maurice, dossier 1449, né le 17 mars 1951, alors âgé de 15 ans et demi... De son vrai nom? Je devrais plutôt dire de son nom officiel, sans rien derrière son officialité, vu que Coco est né de père et de mère inconnus comme c'est écrit au dossier, sans doute bien informé, car il ajoute ce dossier: «Et de parents incestueux.» Comme si tous les parents n'étaient pas incestueux, seuls à enfreindre le tabou dans la maison sacrée, à la sauvette et à l'insu de leurs enfants graves et candides, quittes à attirer sur eux la colère des dieux! Seulement voilà: tout un système de rites et de lois, avec une double hiérarchie de

pontifes, d'archidiacres et de prêtres, de juges, d'avo-
cats et de huissiers, a été mis en place pour l'escamo-
ter, cet inceste matrimonial. Le seul coupable, désigné
à la vengeance céleste et à l'opprobre des hommes, est
un pauvre enfant né à la crèche, nanti d'un patronyme
tiré au bingo, gardé dans un orphelinat, lieu de l'infanticide rituel, oui, parfaitement, depuis des siècles, et
par cet artifice connu et révéré comme une des plus
belles institutions chrétiennes... Durant les années
vingt, la mortalité y atteignait encore les 80% contre
les 10% dans les familles. Faites la soustraction, vous
aurez une proportion édifiante. Et quand je dis édifiante, c'est que tout simplement, mon Dieu! on s'en
édifiait, non content de la trouver normale, de s'y
complaire, d'en exulter. Bien des petits problèmes se
trouvaient réglés ainsi. Seulement, en 1951, les règle-
ments commençaient à traîner. La médecine ayant fait
quelques petits progrès, l'infanticide rituel ne réussis-
sait plus si bien. Il s'avéra que Jean-Louis Maurice
vivrait. Alors quoi! il fallut bien faire quelque chose.
Dès l'âge de six mois, il fut mis en l'hôpital Saint-Jean-
de-Dieu, sans doute à cause du petit train dans les cor-
ridors, destination *nowhere*. Le 9 novembre 1954, sans
quitter la traque, il est envoyé au Mont-Thabor.
«Retard très marqué, note le docteur Loignon, faiblesse physique, strabisme, cas d'inceste.»

   Le dossier 1449, mis à part les incidents infec-
tieux, se résume aux quelques remarques suivantes: 1er
octobre 1957, contusion à l'œil gauche; la gardienne
l'aurait projeté par terre. 2 juin 1958: comprend quelques ordres élémentaires. Malpropre au lit (et pour

cause: il y était attaché). Instabilité motrice. Sans intérêt pour les jeux. Ne se mêle pas aux autres. 31 octobre: strabisme convergent, séquelles de rachitisme. Reste fragile et fait de la fièvre à rien. Incapable de coopérer à l'examen. Parle pas, réagit aux marques d'affection. Semble avoir une préférence pour le rouge... Cette dernière observation est signée d'un psychiatre. Le 24 mars 1965, celle d'un réputé neurologue, prêté par l'hôpital Sainte-Justine pour procéder à une classification scientifique des enfants internés au Mont-Thabor: «Incestueux, il est possible que la débilité mentale ait existé déjà chez les parents. Niveau de socialisation très inférieur. Strabisme. Sa vue semble avoir baissé. Conclusion: retard mental profond héréditaire.» Le réputé neurologue avait sans doute réussi à rendre le pauvre Coco translucide pour apercevoir derrière lui deux parents qu'il n'avait jamais entendu, touchés, examinés, qu'il ne connaissait que par le mot inceste. Sa conclusion signifie qu'issu de deux innocents, Coco est inatteignable, timbré au deuxième étage, piqué à la deuxième puissance, par hérédité, on ne rit pas. Non, on ne rit pas, mais on se dit qu'au lieu de faire de la magie et de jeter les bases d'un nouveau racisme, il eût mieux fait d'examiner Jean-Louis Maurice sérieusement: il se serait rendu compte qu'il était aveugle depuis très longtemps et que rien n'indiquait qu'il eût jamais vu. Telle fut la conclusion de l'oculiste qui le vit par après. Telle était d'ailleurs l'opinion des diplômés du sens commun, des gardiens, des gardiennes, seuls thérapeutes qu'ait jamais vus Coco avant d'avoir ses quinze ans et demi révolus.

Dans son rapport du 21 septembre 1966, le psychologue note que depuis son hospitalisation «aucune évaluation sérieuse n'a été faite du potentiel intellectuel de Jean-Louis Maurice, ni même une observation de son comportement... Ce garçon a un contact très facile, il sourit, rit même avec spontanéité, il pose des questions, écoute quand on lui parle et, dans la mesure où il a compris la question, répond adéquatement. On voit très rapidement que son mode d'approche privilégié est tactile: il étend les mains sur la table et de proche en proche saisit tous les objets qui s'y trouvent; il les palpe, les tourne et retourne en demandant: «Que c'est ça?» Dès que la réponse verbale lui est donnée, il passe à un autre objet; s'il reconnaît un objet familier, il le dénomme avec une joie visible. C'est ainsi qu'il a reconnu très facilement: une automobile (une «machine»), le téléphone (dont il connaît le maniement du cadran), les crayons, les livres, un petit cheval, une poupée (la «catin»)... Avec le trousseau de clefs, il a très rapidement localisé la serrure de la porte et ajuste la clef correspondante. Puis de la table il est passé aux meubles: le bureau, avec ses tiroirs, la bibliothèque, les fauteuils. Il ne se contente pas de toucher, il manipule, explore, cherche, retient. De la bibliothèque, il a sorti un livre et l'a replacé ensuite exactement à sa place... Cette remarque sur sa mémoire n'est pas isolée: chaque objet a toujours été remis à sa place exacte et lorsque tel ou tel lui a été redemandé, l'enfant a tendu la main sans hésitation vers l'endroit précis où il l'avait déposé. Il ignore, bien entendu, beaucoup de choses très élémentaires: distinguer la droite de la gauche; le

haut et le bas; se désigner comme garçon ou fille... si
c'est le matin ou le soir. Mais il a cependant acquis des
connaissances étonnantes, compte tenu de son peu
d'expérience. Par exemple, il peut désigner sur lui-
même et sur une poupée les principaux organes senso-
riels, les membres et les attributs vestimentaires. Il a
compris la relation entre une clef et une serrure...
Observations fragmentaires, certes, mais qui dénotent
une capacité de compréhension et de mémoire — une
organisation spatiale (dans un espace vécu et non
encore objectif) — qui font penser à un *potentiel initial
bien supérieur* au niveau mental que le dossier rap-
porte (sans qu'il soit possible de le préciser numérique-
ment). *Langage*: Actuellement, Jean-Louis est en
possession des tout premiers éléments du langage:
phonèmes, mots isolés et phrases simples. Mais l'arti-
culation très défectueuse rend la communication et
l'expression fort malaisées. Il sera difficile d'y remédier, les structures articulatoires acquises étant toujours longues à se modifier, etc.»

Bref, un garçon dont on s'est approché sans le
voir, dont l'intelligence normale a été obturée par une
double cécité, celle du dossier 1449 et la sienne. À
quinze ans et demi, l'âge des apprentissages est fini. La
meilleure part des virtualités s'est usée en cris, en
pleurs, en infections, en une vaine et tragique lutte.
D'ailleurs, Coco a été jugé gardable; il restera dans sa
catégorie. Pas question de rattrapage. Le passé présage
l'avenir. Enfant sauvage, abandonné à lui-même, il a
été, enfant sauvage il restera, élevé dans les institutions
supposément spécialisées, aux frais de l'État, à dix-
huit piastres par jour, comme dans une jungle.

Son ombre s'étend jusqu'à moi, son ombre d'où sortent ses deux mains lumineuses.

Quand il aura ses dix-huit ans, on le retournera du Mont-Thabor à Saint-Jean-de-Dieu où le petit train n'a pas cessé de rouler, destination *nowhere*, pour qu'il ne dévie pas de son destin, interné à perpétuité dès sa naissance par le décret des dieux, décret qui a été entériné par qui de droit selon les prescriptions de la loi, rien à redire, tout est régulier, Tinamer, même si tout le monde s'est trompé et qu'en dessous du décret il y a un fameux bordel, un pêle-mêle où grouillent et gigotent savants spécialistes, noires divinités, parents incestueux, où l'on discerne l'œil de Pluton, une oreille de Némésis, un bras de Shifman, une patte de Loignon et des bibis de psychiatres.

En attendant, ledit Coco est logé au dernier étage du Mont-Thabor, dans la salle Notre-Dame-de-Lourdes, une salle haute pour arriérés profonds, classés gardables, justement la catégorie de ceux qui ont précédé les Juifs, les Gitans et les Slaves dans les fours crématoires de la grande Allemagne disciplinée et musicienne. Dans cette salle, on fait mieux que garder, on entasse. Ils y sont une soixantaine, les chers enfants, alors que normalement au-dessus de trente le moindre d'entre eux serait de trop. Les locaux comprennent un grand dortoir, un cabanon pour les trop tuburlents, une chambre vitrée pour les sérieusement malades, une section pour les eaux, lavabos, bains, douches, closettes et urinoirs, la pièce des lingères, une petite cuisine, le poste de garde où sont les soixante dossiers, d'où l'on distribue les potions et les pilules, où l'on panse les blessés — poste de garde qui est le

saint des saints de Notre-Dame-de-Lourdes, c'est là
que se tient la mafia des diplômés à s'affairer et à ne
rien foutre; et, plus en avant, donnant sur le corridor,
la salle de séjour où l'on vient du dortoir, le matin,
d'où l'on retourne au dortoir, le soir, cinquante-cinq
pieds par trente-deux, au centre le terrazzo gris, sur le
pourtour soixante chaises droites adossées au mur,
entre les fenêtres grillagées.

Chaque avant-midi, le terrazzo est lavé, essuyé, ce
qui oblige gardiens et gardiennes à contenir leurs
soixante pupilles d'un côté de la pièce puis de l'autre.
Cette pièce de cinquante-cinq pieds par trente-deux se
trouve déjà rétrécie du tiers, lequel sert de réfectoire,
séparé du reste par une clôture rustique, semblable à
celle dont on fermait les jardins, naguère; seule différence, elle n'est pas peinte en vert. Dans le tiers vacant
le préposé aux planchers se déhanche pour donner au
mouvement de sa vadrouille le plus d'aire possible;
après cinq ou sept grands coups, il s'arrête pour l'aller
dégorger de son eau dans l'essoreuse à pression fixée
sur le bord de son seau. Ce seau et cette vadrouille
symbolisent un métier simple, utile et de compréhension facile. Certains des garçons le considèrent avec
respect; ils se demandent si, devenus grands, ils ne
seraient pas aptes à l'exercer comme le préposé qui,
son plancher fini, allume une cigarette, prend son seau
et sa vadrouille, se fait ouvrir la porte par un gardien et
s'en va de Notre-Dame-de-Lourdes, sa liberté gagnée.
Ce lavage matutinal, malgré les bousculades qu'il pro-
voque, représente un des bons moments de la journée.
L'après-midi, on pousse les chaises au milieu de la

place, tournées vers un appareil de télévision, désigné
sous le nom d'éponge car il absorbe l'attention, même
si l'on n'y comprend rien; on est retenu à cet écran de
dérision, miroir d'un univers impénétrable, abscons et
tragique. Pendant que Yoland Guérard chante, chan-
gement de personnel, c'est la nouvelle équipe qui
donne le souper. Dès cinq heures, on vide le jardinet-
réfectoire, on referme les petites barrières rustiques.
Autre séance d'éponge puis une collation, enfin le coucher. Après le règne du jour sur le monde entier réduit
à une superficie de terrazzo gris de cinquante-cinq pieds
par trente-deux, voici le noir qui se rapproche, l'adhé-
sif parfait qui ne laissera passer que les plaintes, le
grand sommeil médicamenteux. Une autre journée de
perdue, c'est autant de gagné. Dans les ténèbres, le
Mont-Thabor pavoise pendant qu'à Notre-Dame-de-
Lourdes, gardiens et gardiennes de l'équipe du soir
jouent aux cartes en attendant la relève des deux sur-
veillantes de nuit.

Quand Léon de Portanqueu s'amenait, le lendemain, arrivé dans le corridor, devant la porte de cette
salle haute qui tenait plutôt du souterrain, caverne à
laquelle la Vierge avait donné son nom, on se demande
bien pourquoi car rien n'indique qu'elle y soit jamais
venue, il tirait de sa poche son gros trousseau de geôlier, choisissait la bonne clef, ouvrait la porte: Jean-
Louis Maurice, de la salle, en faction près de la porte,
l'avait déjà reconnu qu'il n'était pas encore entré.
Ainsi chaque matin, attendait-il mon père qui, chaque
matin, se sentait ému, obligé, coupable envers ce garçon qui, s'étant emparé de son trousseau, refermait la

porte à clef et lui frayait ensuite chemin, lui, l'aveugle,
au travers la cohue des enfants énergumènes vers le
poste de garde où les prêtresses de la caverne s'affai-
raient. Là encore, c'était lui qui ouvrait et refermait la
porte, toujours à clef, bien entendu. Les gardiens et
gardiennes restaient dans la salle de séjour, au milieu
de la cohue. Eux seuls, simples gens du peuple doués
de sens commun, parfois généreux, soignaient les
enfants internés, les poliçaient et parfois leur faisaient
faire quelque progrès. C'est une gardienne et une
lingère, Madame Séguin et Mademoiselle Élizabeth,
l'une à la voix modulante et fine, capable de se glisser
dans un balbutiement et d'en tirer les phonèmes et les
mots, l'autre à la peau douce, aux mains taquines et à
l'haleine fraîche, qui, sans trop s'en rendre compte,
tout bonnement, ont tiré Jean-Louis Maurice de ses
limbes, trop tard, hélas!

   — Bah! disait Léon de Portanqueu, je vais t'en-
seigner le ciel et l'enfer.

   Et il les lui enseigne, cela ne fait pas très sérieux.
Le sait-il? En tout cas, il se toque, poussant à bout le
bon et le mauvais côtés des choses, les magnifiant.

   — Pas sérieux? réplique-t-il avec indignation.
Pardon, le ciel et l'enfer font partie d'un vieil héritage;
ils ont gardé intacte l'idée de justice aussi longtemps
qu'elle n'a pas été réalisable sur terre; ils étaient le principe même de la contestation. Irréalisable autrefois,
est-elle réalisée, maintenant, cette justice? Allez au
Viêt-nam recevoir la Pentecôte du napalm!

   Une voix est derrière moi, une voix familière qui
me parle tout bas et fait: «Bon! la tirade du Viêt-nam

à la sauce du Mont-Thabor! Vraiment, Tinamer, il ne se prive de rien, ton cher et vénéré père!»

— Une Pentecôte sous le pieux patronage du pays le plus riche du monde, successeur de la grande Allemagne disciplinée et musicienne. En cas de victoire nazi-nazo-américaine, pas un moment à perdre: relancer le ciel pour les victimes, l'enfer pour les bourreaux. Même chose pour Jean-Louis Maurice: à lui la clef d'or du Paradis, à vous les supposés instruits, les demi-criminels, la clef rouillée de l'enfer. Il le faut. Autrement il n'y aurait plus de justice, ce serait la fin du monde.

La voix d'Etna continue:

— La fin du monde, ah! il ne s'en prive pas, Tinamer, Monsieur Léon de Portanqueu. Encore s'il avait gardé sa vieille robe de chambre, sa relique du massacre de Lachine, son burnous, elle passerait mieux sa rhétorique. Mais il est habillé comme tout le monde, elle devient grotesque.

— Tais-toi, Etna, tais-toi!...

Je me suis trompée, ce n'est pas Etna qui parle derrière moi. Le type, sans doute un diplômé modeste et de bonne volonté, continue que la tirade l'impressionne, car il se veut coupable comme tout le monde: «Seulement je crains qu'elle ne soit la faconde d'un justicier qui cherche à se disculper aux dépens des autres pour voir triompher la justice en lui seul.» Élevant la voix, il dira par-dessus mon épaule:

— Savez-vous, Monsieur de Portanqueu, que vous êtes un homme dangereux?

Il croit peut-être le flatter et l'amadouer ainsi?

Mais mon père, la main dans sa poche, palpant les deux clefs qu'il a fabriquées pour le salut du plus faible et la perte des plus forts, mon père reste raide, le visage dur, ni flatté ni amadoué; il n'est surtout pas étonné.

— Un homme dangereux, oui, certainement. Ma fille Tinamer a déjà cru que j'étais un voleur et elle m'aimait quand même.

— Et bien! dites-lui que vous êtes pire qu'un voleur.

— Je le lui dirai. Cela lui fera le plus grand des plaisirs, car elle avait perdu confiance en moi.

Le type, avant de s'en aller, dira encore:

— Vous m'excuserez, mais je préfère la veulerie à l'indignation. Avant de se justifier, il faut chercher à remédier.

Ainsi donc, mon père n'était pas voleur mais geôlier au Mont-Thabor, au bout du mauvais côté des choses, dans un lieu retiré dont personne ne voulait rien entendre — finie la transfiguration, l'aura épileptique! Le démon muet cherche à précipiter l'enfant dans le feu ou dans l'eau pour le faire périr. Voleur, on va ici et là, aussi longtemps qu'on ne se fait pas pincer; on reste libre, plus désinvolte que quiconque parce qu'on ne pactise pas avec le Minotaure et son organigramme, parce qu'en volant on est guérillero. Tandis que geôlier, malgré son gros trousseau de clefs, on est bel et bien enfermé.

Lieu d'exclusion, pourtant inclus au cœur de la cité comme un chancre secret, comme une plainte, un cri étouffé, comme le malheur refoulé pour qu'à la télévision domestique continuent de triompher la blancheur des babines retroussées, les sourires à dentiers et l'évangile selon Colgate et Palmolive, le Mont-Thabor était une institution spécialisée, un hôpital *psychiatrique* de la psychiatrie à bibi, d'importation étasunienne, où les débiles, les presque normaux étaient privilégiés, logés dans des salles princières et tous psychiatrisés, c'est-à-dire déclarés schizophrènes, où les autres, entassés comme on l'a vu, faisaient les frais de ce diagnostic universel et obligatoire. Les autres représentaient l'immense majorité des enfants internés, pauvres d'esprit et de corps, tordus, difformes, balbutiants, épileptiques, innocents coupables de tous les péchés du monde, rejetés de tous, rejetés même de l'hôpital dans l'hôpital, rejetés au point qu'on ne voulait plus les voir ni en entendre parler, des enfants dont plusieurs avaient été déclarés morts dans leurs familles (le plus souvent bourgeoises) et qui vivaient, d'autres qui auraient pu être sauvés, tel Jean-Louis Maurice, qui ne l'avaient pas été et restaient avec un mal irrémédiable, d'autant plus atroce qu'il était à deux tranchants, mutilant ceux qui le souffraient, décapitant la société pour crime d'incurie, pour son manque d'amour et de vigilance — des enfants qu'on cachait soigneusement sous l'ordre exprès de Sa Seigneurie Nènême Trahin, juge délégué par le roi Hérode, *order-and-law*, pour cacher à la dite société qu'elle n'avait plus de tête... Et parmi cette cohue effroyable, masquée sous des dehors humanitaires, il y avait même des victimes d'une médecine abusive et bête, sans aucune inhibition quand il s'agit d'hospitaliser les enfants de six mois à deux ans, et ces victimes-là qui avaient été des enfants absolument normaux, vivant au jour le jour comme on le fait à cet âge, sans mémoire personnelle pour garder leur identité après la nuit, ne la retrouvant que par la pérennité du milieu, qui, brusquement arrachés à cette mémoire extérieure, avaient revu le jour dans l'horreur des lieux aseptiques, dans le désert de l'inconnu, en étaient restés frappés de stupeur à jamais.

Je me souviens à présent que Léon de Portanqueu m'avait déjà parlé de ces derniers, lorsqu'à ma propre expérience il ajoutait la sienne, me racontant comment pour la première fois, à la faveur d'un incendie, il avait pu traverser la nuit sans perdre le fil de son identité. Le monde restait alors partagé, divisé pour moi, sa fille, entre le bon et le mauvais côtés des choses, modeste préfiguration du ciel et de l'enfer réinventés au profit de son petit ami Coco.

Plus tard, beaucoup plus tard, nous nous étions déjà détournés l'un de l'autre, il m'avait dit, je le voyais mal, je l'entendais à peine, il m'avait dit: «Tinamer, c'en est fini de moi, tu auras bientôt seize ans. Je te pardonne de m'avoir chassé du conte qu'ensemble nous avions inventé.»

Je lui réponds: «Léon de Portanqueu, esquire...» Il m'interrompt, prétendant qu'il en a assez de ce titre dérisoire, de cet héritage, car il s'agissait d'un héritage de mon grand-père, d'un ancêtre que je connais moins bien que Noé.

— Esquire, c'est lui qui l'était, quand, après avoir été cultivateur, ce qui ne le distinguait pas, il devint négociant de grains et de foins dans la plaine victorienne du comté natal... Je t'y emmenerai, Tinamer, tu verras, c'est encore écrit en lettres géantes sur une vieille grange… Dès qu'on brassait un peu d'affaires, à l'époque, et qu'on pût rédiger une lettre commerciale correctement, en anglais, on était esquire, c'est-à-dire habilité à devenir député, conseiller législatif, sénateur. Un grand titre, Tinamer. Mon pauvre bonhomme s'en honorait beaucoup, le croyant même héréditaire. Je l'ai gardé pour l'honorer, puis les temps ont changé, ce n'est plus maintenant qu'un long poil qui me pend au bout du nez, par lequel on me tirera, dans l'assemblée où je vais, au milieu des éclats de rire et des *oh! oh! che naso brutto*, tu en sais quelque chose, ma pauvre Tinamer.

J'en sais qu'il m'ennuie, cet esquire avec poil ou sans poil. Etna d'intervenir pour me demander ce qu'il veut, cet homme. Je crois qu'il veut s'en retourner dans le comté de Maskinongé pour faire sabbat. Seulement il lui faudrait son burnous, sa vieille robe de chambre, sa relique du massacre de Lachine — n'est-ce pas idiot, non? Cela ne rencontre pas l'avis d'Etna, la voilà dans les bras de son Léon comme la dernière des dernières. Elle lui dit: «Non, tu ne feras pas ça!» Ils abusent ces parents! Voilà ce que je pensais, pas tellement intéressée à savoir ce qu'ils pensaient, pourquoi ils s'énervaient, se broutaient les oreilles, pauvres grandes bêtes ridicules. Etna m'avait dit: «Vite Tinamer ou tu seras en retard pour l'école.»

CHAPITRE DOUZIÈME

Mes années d'insouciance ont coulé comme l'eau. L'arrière-goût m'en est venu plus tard. Il n'y avait plus de bon ou de mauvais côté aux choses. Le monde s'est trouvé réuni, limpide et sans saveur. À l'indifférence succédera l'habitude de l'indifférence. Je serai longue à me reprendre, à redevenir ta Tinamer, Léon de Portanqueu! La dernière fois que je t'ai vu, c'était au mois de mai, tu guidais Jean-Louis Maurice par la main, l'emmenant voir, lui, pauvre aveugle, les trois ou quatre amélanchiers qui restaient dans notre bois dévasté. Je n'ai pas été jalouse. Bélial, Bouboule, Jaunée, Thibeau vous suivaient, ta véritable famille. Vous alliez au rendez-vous de Messire Hubert Robson, à la cérémonie champêtre où ce curé errant, cet Irlandais, ce fou, devait retrouver enfin Mary Mahon, la fillette qui l'avait tant fait marcher, qu'il cherchait depuis plus de cent années. «Tu les ramèneras tous à dîner», t'avait crié Etna du pas de la porte. Toi, tu annonçais à ton innocent, au bien nommé Coco, qu'il entendrait chanter le Saint-Esprit, la troisième personne de Dieu, oui, pensez donc: le loriot! Je ne vous avais pas accompagnés.

Aujourd'hui, les larmes m'en viennent aux yeux:
tout cela devait être beau, même si tu n'avais pas mis
ton burnous. Je pleure et me console ainsi, me disant
que peut-être tu avais deviné qu'un jour je pleurerais.
Pauvre Léon de Portanqueu! pauvre moi! ta cérémonie m'avait paru une sorte de plaisanterie, une de tes
extravagances que je ne goûtais plus. Tu me semblas
ridicule. Habillé comme tout le monde, je me serais
attendu à ce que tu fasses comme tout le monde. Tu
n'étais plus qu'un homme entre les autres, un quel-
qu'un assez quelconque. Puis, tu t'en es allé. Quand
j'ai su que tu ne reviendrais plus, il m'a semblé que tu
étais parti depuis longtemps déjà. Je t'ai pleuré conve-
nablement, mais avec quelle facilité! Ma peine glissait
légère. On s'apitoya sur moi: aurais-je pu en faire
autant? Au fond ce deuil m'amusa. Que changeait-il à
ma vie? Rien. Du moins pour quelque temps. Si tu
savais comme nous nous sommes bien passées de toi,
Léon de Portanqueu, ma mère Etna et moi! Moi, ta
Tinamer, en tout cas. Etna, elle, soupirait, mais je ne
m'en rendais pas compte. Puis, un jour, elle m'a fait
un petit signe de la main, que je n'avais pas prévu,
adieu timide, un peu confus, un peu honteux, et elle a
baissé les yeux, cette femme épanouie, restée plus
jeune fille que moi; elle est allée te rejoindre, toi son
complice, son mari, son vieux compagnon d'inceste.
Je suis restée seule dans un monde sans opposition,
sans contraste, qui ne s'était pas réuni pour rien. Née
d'une sorte de conte, je me trouvais à en être sortie. Il
n'y avait plus de bon ou de mauvais côté des choses; il
n'y eut plus désormais que le monde et moi, tout simplement. Vous étiez partis. Je me suis rendu compte

que j'étais aussi sortie de mes années d'insouciance.
Dans ma solitude, j'éprouve du regret pour un conte
inachevé, pour la quiétude et le bonheur qu'il représentait. J'ai même l'impression d'en avoir été chassée.
C'était un beau conte facile et hétéroclite où à ma
mémoire s'ajoutaient la vôtre, celle aussi de Bélial, de
Thibeau, de Jaunée et de Bouboule... Si ce n'est pas
vos mémoires, n'était-ce pas alors, constellation de
mon enfance, vos yeux tournés vers moi, vos chers et
pauvres yeux éteints, par lesquels je me voyais? Maintenant c'en est fini. Je suis toute à moi, en moi, et je ne
me vois plus. Je sens mes yeux, mais ces yeux ne me
montrent que de vagues signes de ma présence. Est-on
un piège pour soi-même, une prison, plus tard un cer-
cueil? Et je me dis en cette captivité de mes vingt ans,
je me dis Tinamer, ma pauvre Tinamer, tu as lancé un
peu vite, il me semble, les bouledozeurs en arrière de la
maison, dans le petit bois enchanté et bavard.

— Je n'y peux rien, c'est fait.

— Tu tenais le fil du temps, pourquoi cette hâte à
te hisser jusqu'à tes vingt ans comme une petite chèvre
de montagne? Beau paysage! Tu n'y es plus, Tinamer.

Je me réponds que je ne m'y vois plus parce que
c'est moi désormais, le paysage, parce que c'est moi, le
monde... Quelle phraséologie!

— Et ton récit?

— Convention, mensonge! Depuis quand, ma
chère, les enfants de cinq ans (qui en ont en réalité
vingt) écrivent-ils leurs mémoires?

— Depuis toujours, Tinamer. Convention, mensonge, bien sûr, mais c'est aussi ce qu'on appelle l'art
d'écrire. On ne demandait pas mieux que de te croire.

À cause de l'amnésie des premières années, tu pouvais dire n'importe quoi.

— Il est agréable d'écrire en autant que la fabrication ne l'emporte pas sur la bonne foi.

— Pauvre Tinamer, tu serais septuagénaire que ta confession d'enfant de trois ans paraîtrait encore plus véridique. À la condition de ne pas oublier les fleurs, les oiseaux et les étoiles, ingrédients que tu n'avais pas manqué de nous servir.

— Je suis septuagénaire, j'ai vingt ans, et je dis que je suis septuagénaire.

— Eh bien! te voilà chassée des années crépusculaires de ton enfance. Et chassée par qui? Chassée par toi-même. Tu voulais en faire je ne sais quoi, un conte? une thèse? Eh bien! il est raté, ton je-ne-sais-quoi.

C'est le diable, je crois, qui me tente. Retire-toi, Satan, pauvre imbécile! car si je ne me vois plus dans le paysage, telle une chèvre grimpée, au moins je peux me dire que tu ne vois rien en moi, pas plus que je n'y vois. Va cher ami, va, jette-toi en bas de la montagne: les anges ralentiront ta chute et tu toucheras terre comme un dieu. Va, farceur! Va, mon bel écrivain!

Me voici donc renvoyée à ma vérité du moment, à ces vingt ans que je n'ai pas gagnés, qui me sont venus d'eux-mêmes mais dont je me suis acquittée en les payant de tous mes êtres chers — à qui? Je ne le sais trop, au Minotaure peut-être, sur le mauvais côté des choses. Tout ce que je sais à présent, c'est qu'en deçà du ciel et de l'enfer qui restent là où ils ont toujours été, ou trop haut ou trop bas, et qu'on serait bien bête

de ne pas garder pour les cas extrêmes et les conjonctu-
res désespérées, c'est que sur terre, le bon et le mauvais
côtés des choses sont revenus, d'un partage variable,
pour un combat à n'en plus finir, sans trêve et sans
merci. J'étudie la psycho-pédagogie. Digne fille de
celui qui ne fut qu'un geôlier déclamatoire, il se peut
fort qu'un jour je rejoigne après lui le Mont-Thabor,
au-delà du quartier Hochelaga, au fin bout, à la
pénouille du mauvais côté des choses.

Me voici seule dans ma chambre, la plume à la
main, assise à une table encombrée des pages que j'ai
déjà écrites et des livres dont je me suis inspirée, *Olli-*
vier, épopée chevaleresque de Cazotte, *Les Bois-*
Francs, de l'abbé Charles-Édouard Mailhot, dont j'ai
tiré, sans guère y changer, le saint personnage de Messire Hubert Robson, et *Le Sens de la direction et de*
l'orientation chez l'homme, du docteur ès-lettres
Pierre Jaccard. Sur ce dernier ouvrage, je garde,
encore incongrue, la boussole de Monsieur Northrop.
Une boussole qui fait *wasp*. Pour un ancien lapin
domestiqué, dressé, discipliné, devenu *wasp* lui-même,
c'était un fétiche indispensable.

Le point de départ, qui devient, après le départ, le
point de retour, est demeuré longtemps longtemps le
seul point fixe au monde. Tous les contes ramenaient
le voyageur chez lui, sauvaient l'enfant perdu et l'animal abandonné en leur faisant retrouver leur maison.
Ce refuge derrière soi dans l'espace devient, transposé
dans le temps, le principe de l'âge d'or. L'ère scientifique dota l'animal et l'homme dit primitif, c'est-à-dire
non-européen, encore moins *wasp*, d'un instinct

infaillible de retour désigné sous le nom d'orientation
domocentrique. Les observateurs mirent beaucoup de
bon vouloir pour en vérifier l'hypothèse. Certains se
surprirent à tricher. Le merveilleux passa des contes à
la science. La boussole de Monsieur Northrop oscille
dans la même direction que l'instinct primitif. Enlevez-
la au *wasp*, il n'est plus qu'un vieux lapin. Laissez-la-
lui, il restera ravi de l'heure, tel le vieux gentleman
britannique.

L'orientation domocentrique, si merveilleuse soit-
elle, ne garantit pas durant le voyage, durant la vie, la
pérennité du point de retour, qui reste dans le temps,
sujet à transformation, sinon à déplacement, tel notre
bois, en arrière de la maison; de plus, se situant au
cœur du premier âge, l'amnésie de celui-ci l'obscurcit,
le rend aléatoire et variable, sujet à extension, d'une
maison devenant comté, d'un comté pays, quitte à se
réduire peu à peu, à rien. Un pays, c'est plus qu'un
pays et beaucoup moins, c'est le secret de la première
enfance; une longue peine antérieure y reprend souffle, l'effort collectif s'y regroupe dans un frêle individu; il est l'âge d'or abîmé qui porte tous les autres,
dont l'oubli hante la mémoire et la façonne de l'intérieur de sorte que par la suite, sans qu'on ait à se le
rappeler, on se souvient par cet âge oublié. Un pays,
c'est plus, c'est moins qu'un pays, surtout un pays
double et dissemblable comme le mien, dont la voix ne
s'élève que pour se contredire, qui se nie, s'affirme et
s'annule, qui s'use et s'échauffe à lui-même, au bord
de la violence qui le détruira ou le fera vivre. Bien
avant moi, Anatole Parenteau, cet écrivain-menuisier

qui n'a fait qu'un livre, un livre naïf et baroque que mon père aimait bien, *La Voix des sillons*, un livre surtout touchant par le désarroi qu'il traduit, le terminait par ces mots: «La patrie c'est tout, la patrie c'est rien.» L'interrelation des deux, de ce tout et de ce rien, je la retrouve en moi, indécise, au bord de je ne sais quoi, dans l'attente de je ne sais qui, entre le goût de vivre et celui de mourir. Toute à moi, j'ai parfois l'impression de me fondre dans un pays intime qui a déjà existé en dehors de moi, dont je serais dorénavant seule dépositaire, et de n'être plus rien sous la girandole des amélanchiers en fleurs, dans le sifflement du vol de la bécasse qui, soudain, s'est élancée d'un fourré d'arrière-cour ou d'un amas de briques rouges et qui tournoie maintenant dans la lumière de Maskinongé au-dessus du quartier Hochelaga, mariant les pays de Léon et d'Etna de Portanqueu.

CHAPITRE TREIZIÈME

Apprendre sans savoir qu'on apprend, sans la conscience qui ferait qu'on apprendrait autrement, sans doute moins bien, empêché par ce qu'on aurait acquis d'acquérir davantage; (au niveau des conditionnements, lors de l'apprentissage des automatismes, la mémoire et la réflexion seraient superflues, sinon nuisibles. Freud a dû se tromper en faisant d'une amnésie nécessaire un refoulement; il le tirait d'ailleurs de son système, non de l'observation); être comprise sans se comprendre, tout recevoir des siens et n'en point ressentir la dette, devenir soi-même avec les mots de tout le monde, s'appréhender enfin et déclarer, telle Minerve sortie toute armée du penser de son père, qu'on est Tinamer de Portanqueu, l'unique au monde, l'irremplaçable Tinamer, voilà le sort du premier âge.

Puis le dedans se ferme sur le dehors. Des années s'y laissent prendre, désormais captives de l'ombre, apparemment perdues, trois, quatre, six et même davantage, car à l'oubli succède l'indifférence de l'oubli comme un écho muet qui prolonge la durée et augmente l'espace de l'oubli. Dès lors, cependant, de cette intimité close, de cet intérieur obscur, on verra le dehors s'ouvrir devant soi, matin tardif de la conscience dont le fil lumineux ne se mesure plus à la longueur des jours, qui dans la succession de ceux-ci ne se brise pas le soir pour recommencer le lendemain; il est maintenant un fil unique; il traverse la nuit, se faufilant par les rêves; il va de jour en jour, de mois en mois, d'année en décade; c'est lui qui me tire de l'avant — *Oh! oh! che naso brutto!* — et m'a déjà menée à mes vingt ans, devenu le fil de ma vie.

Du moment que, fermée sur moi-même, j'ai déclaré que j'étais Tinamer de Portanqueu, mes yeux se sont ouverts et je vois, bien placée pour le faire, au milieu de toute chose, exactement au centre du monde. Grande situation, situation unique, oui mais, parce que j'y suis, au-dedans de moi, parce que le reste du monde, y compris mes supposés semblables, se présente par le dehors, à l'envers de mon endroit (ou à l'endroit de mon envers), il me semble qu'une absence s'est produite, qu'une personne familière n'est plus là, dans ce que je voyais auparavant.

— Qui donc? Est-ce toi, Tinamer? Aurais-tu été emportée par ces gitans de la mort que sont devenus tes père et mère, ravie sans que tu t'en sois rendu compte, par eux ou par les autres, les barbus, les ancêtres?

— C'est moi, mais je n'ai pas été ravie ni emportée. Je suis restée où j'étais, au milieu de tout, au cœur obscur de mes vingt ans, toute en moi et toute à moi. Je me comprends, je me possède, c'est pour cela que je me cache à moi-même devant le monde qui par moi recommence.

— Tinamer! Tinamer! est-ce une si grande conquête que de devenir sa captive et geôlière, l'une à l'autre enlacée dans un combat à n'en plus finir que tu ne sois devenue la tombe des deux? Est-ce même un avantage que d'avoir vingt ans, d'être belle et de ne plus se voir que sous de fausses représentations comme le Narcisse du miroir, de ne plus se voir que de l'extérieur, comme une autre parmi les autres, comme une quelconque catin de soi-même, alors qu'on reste seule parmi les autres, unique et exposée sur la colline de son moi crucifiant?

Alors dans mes ténèbres intimes, j'ai eu l'impression d'être recouverte par l'ombre de l'arbre de la mort, malgré le fil de ma vie qui me tirait de l'avant, hors de moi — *Oh! oh! che naso brutto!* — alors j'ai eu peur, et, malgré le fil tendu, je me suis retournée...

Qu'ai-je aperçu? Le bois enchanté et bavard, en arrière de la maison, au mois de mai, avant la feuillaison; les pissenlits n'avaient pas encore fleuri, mais déjà le loriot chantait. Je me suis retrouvée à la lisière crépusculaire de mes premières années. Dans l'ombre, tous les yeux qui brillaient, brillaient tournés vers moi, les yeux de ma mère Etna, de mon père Léon, du chien Bélial, de la chatte Jaunée, du matou Bouboule et les yeux de Thibeau, mon semblable, mon frère; ils formaient la constellation de Portanqueu par qui je me revoyais, je me retrouvais, tout aussi bien que par mes yeux je les voyais. Monsieur Northrop tenait par la main une fillette aux cheveux blonds, aux yeux verts, le visage enfin séché de ses larmes et de ses sueurs; elle souriait à Messire Hubert Robson, tombé à genou

devant elle... Le télescope avait été oublié sur son trépied, dans le jardin; il me rappela qu'au-delà de notre
domaine boisé s'étendait la mer des Tranquillités et
qu'en face, sur l'autre rive, montant vers le nord, le
comté de Maskinongé n'avait pas de fin.

Tout le paradis de mon enfance dans l'espace
d'un instant, le paradis déjà perdu. Je ne pouvais pas
rester ainsi, retournée en arrière, quand le fil de la vie,
déjà tendu, se raidissait à m'en faire mal pour me
ramener de l'avant. Ce fut alors que Jean-Louis Maurice, le jeune aveugle, le petit ami de Léon de Portanqueu, Jean-Louis Maurice, mon remplaçant, s'est
détaché du groupe, s'avançant lentement jusqu'à la
lisière du bois. Je me suis dit: «Tinamer, Tinamer,
voici l'ange qui montera la garde.» Il tenait à la main
un glaive de lumière qui tellement était éblouissant
qu'à peine ai-je pu discerner derrière lui, une dernière
fois, l'amélanchier, grande girandole qui perdait ses
fleurs, qui bientôt fut éteinte.

— *Oh! oh! che naso brutto.*

Au moment où le fil de la vie me ramenait devant
moi, hors de moi, la bécasse aux yeux trop hauts, trop
écartés, au bec droit et pointu, ramassée sur elle-
même, petite boule sifflante, ta bécasse, Tinamer,
s'envola, mais cette fois pour ne plus se poser, pour ne
plus revenir, perdue pour elle-même, désormais au-
dessus de moi aussi longtemps qu'elle pourra tenir le
ciel.

Annexes

Notice

Jacques Ferron avait projeté de consacrer une partie de ses années de retraite à faire la «toilette» de ses livres. À la relecture de ses écrits dans leur forme typographique définitive, il leur trouvait toujours quelque défaut et se rendait compte parfois qu'il aurait pu les laisser mûrir, les retravailler avant de les soumettre à son éditeur. Celui-ci, dans la foulée, pressé sans doute d'offrir au public lecteur ces merveilleux textes, s'empressait d'en refiler le manuscrit, tout aussi rapidement préparé, à l'atelier de composition. Puis l'auteur constatait tristement, une fois le cycle de production et de mise en marché complété, que sa création était devenue l'objet d'un commerce sur lequel il lui était pratiquement impossible d'exercer le moindre contrôle: réimpressions, voire nouvelles éditions se retrouvaient ainsi sur les rayons des librairies, à la grande surprise du créateur lui-même, étonné que l'on ne l'ait point consulté. En ce sens, on peut dire que Jacques Ferron a été un écrivain que directeurs littéraires et éditeurs ont traité mal.

Ce grand projet de révision, il l'avait déjà amorcé

en retouchant *la Nuit* et *Papa Boss* et il aurait vraisemblablement accordé beaucoup de soins à *l'Amélanchier*, «ce petit livre qui [lui avait] donné beaucoup de
mal sur la fin[1]» et dont certains passages, de son propre aveu, pouvaient être quelque peu confus[2]. Aussi

---

1. «Puisque vous me parlez de *l'Amélanchier*, que je vous dise que
[...] ce petit livre m'a donné beaucoup de mal sur la fin, car je voulais le finir, ayant remarqué que Carroll n'a guère essayé de vieillir
Alice. C'est là que se trouve la difficulté majeure. Comme le dit très
bien Alain dans ces «Mythologies de l'enfance», on aime bien les
premières idées qu'on a eues, fausses, farfelues, où la porte s'ouvre
parce que le chat miaule, et qui restent en chacun, comme le montre
la vogue pour la pensée magique. L'enfant est le reflet de son milieu,
tout confus et bariolé qu'il est; par lui-même il ne vit pas. L'art de
Carroll tient de son état [de curé]; il écarte Alice de son cadre naturel, ce qui est beaucoup, et la regarde de son regard bizarre, d'une
tendresse où il y a de la logique mathématique, et cela n'en finit pas
comme j'aurais pu prolonger les péripéties de Tinamer, elle, dans
son milieu naturel, avec ses parents, anagramme de Martine, mais
regardée par Alice et Carroll et Northrop Frye, à qui elle doit beaucoup. J'ai réussi à la sortir de son bariolage d'origine, mais à la fin je
suis allé trop vite, j'ai déchiré la trame, comme vous l'avez remarqué, comme je l'avais senti, mais je m'étais dit que cette déchirure
était inévitable.» (Lettre de J. Ferron à Pierre Cantin, 2 décembre
1974).

2. «... la page 142 [de l'édition originale] est fort complexe. J'ai
comme l'impression que l'auteur, impatient, se démène dans tout ce
mic mac et qu'au fond c'est lui qui dit 'Je me suis trompé'. Ce qui
expliquerait cette faute car en autant que j'ai pu comprendre (le
Mouton* vient de me lire cette page au téléphone) ce serait Tinamer
qui le dit. Vous devriez savoir, cher Jean Marcel, qu'il m'arrive
assez souvent d'être confus.» (Lettre de J. Ferron à Jean-Marcel
Paquette, 3 mars 1972).

   * Surnom affectueux de Madeleine Lavallée.

peut-on penser qu'il se serait dit d'accord avec cette édition, la quatrième de son texte, qui ne prétend pourtant pas tenir la place d'une édition critique[3].

Sa préparation n'aura guère été aisée. Il fut d'abord impossible de mettre la main sur la copie dactylographiée soumise à l'éditeur, ce manuscrit ayant été détruit, stupidement, avec, paraît-il, celui de plusieurs ouvrages publiées aux Éditions du Jour dans les années 70. Quant au manuscrit que nous avons utilisé pour une première vérification du texte, document conservé à la Bibliothèque nationale, à Montréal, il est incomplet. Heureusement que nous avons pu consulter avec profit les épreuves du tirage de 1970, annotées et corrigées en partie par Jacques Ferron, et que nous a gentiment prêtées Jean-Marcel Paquette. Elles ont permis de compléter, avec plus de sûreté, l'établissement du texte recomposé pour la présente édition. Les seules modifications de notre cru apportées à l'édition de 1977 (chez VLB Éditeur) se limitent à l'ajout, à quelques reprises, de signes de ponctuation délimitant une citation ou indiquant un dialogue, modifications opérées dans le strict but de redonner au récit sa lisibilité. Nous avons également corrigé quelques rares coquilles et rétabli l'accord de certains participes passés.

□

---

3. Une telle édition mérite d'être réalisée, ne serait-ce que pour faire ressortir la richesse de ce récit, en étudier les très nombreuses variantes, ou apprécier le jeu subtil des emprunts et des références auquel a pu se livrer son auteur.

Les différents tirages des trois éditions en français de *l'Amélanchier* totalisent près de 20 000 exemplaires. Traduit en anglais par Raymond Y. Chamberlain, sous le titre *The Juneberry Tree* (sous-titré «a novel»), l'ouvrage fut publié en 1975 par la maison d'édition montréalaise Harvest House, dans sa collection «French Writers of Canada».

L'édition originale, parue en 1970 aux Éditions du Jour, dans la collection «les Romanciers du Jour», qualifie l'œuvre de «récit». Sur le rabat du plat supérieur, l'auteur sert un avertissement qui disparaîtra lors de la deuxième réimpression et qui, quinze ans plus tard, pourra sembler énigmatique. En voici la teneur:

> Un homme, dans une prison, seul, sans autorité, écrit un livre[4] en quatre mois. Ce livre sera lu par un autre homme, seul, sans autorité. Le lien qui s'établit entre les deux est d'ordre privé. Tout comme les relations qu'ont pu entretenir feu le chanoine Baril[5] et Rémi Paul[6]. La

4. Référence à l'essai de Pierre Vallières, *Les Nègres blanc d'Amérique. Autobiographie précoce d'un «terroriste» québécois*, paru aux Éditions Parti pris, en 1968.

5. Mgr Donat Baril (1880-1960), vingtième curé de Saint-Antoine-de-la-Rivière-du-Loup (Louiseville), de 1932 à 1960.

6. Rémi Paul (1921-1982), né à Louiseville, député conservateur du comté de Berthier-Maskinongé-Delanaudière à Ottawa, de 1957 à 1966, année où il fut élu député unioniste de Maskinongé à Québec. Il devint ministre de la Justice et procureur général de juillet 1969 à avril 1970. Réélu en 1970 et 1973, il fut nommé juge par la suite.

justice pour être équitable doit s'en tenir à l'ordre public. Toute censure littéraire se retourne contre le censeur et le stigmatise. Le livre relève de la juridiction du lecteur. L'ordre public oblige le citoyen à mille devoirs. La liberté n'existe vraiment que dans le privé, et c'est la force de la littérature de se situer dans cet ordre, force que n'auront jamais les joujoux de McLuhan[7], prénommé Marshall.

Cela dit pour qu'il soit bien compris que *l'Amélanchier* ne s'adresse pas aux Rémi Paul ni aux Claude Wagner[8] et qu'il se dresse au contraire contre l'esprit qui les anime, confus et malfaisant.

Jacques Ferron

---

7. Marshall McLuhan (1911-1980), professeur à l'Université de Toronto; ses ouvrages consacrés à l'influence des mass médias (surtout électroniques) sur le comportement humain lui assurèrent, dans les années soixante, une renommée mondiale.

8. Claude Wagner (1925-1979), juge à la Cour des sessions de la paix jusqu'en 1964, année de son élection comme député libéral de la circonscription Montréal-Verdun, à l'Assemblée nationale. Ministre de la Justice et procureur général dans le cabinet de Jean Lesage de 1964 à 1966, son radicalisme et son intransigeance lui méritèrent le surnom de «Ti-Rouge la Terreur»; aussi pourrait-on penser que c'est lui que Ferron vise dans son récit (p. 114), sous le nom de «roi Hérode». Wagner fut également député à Ottawa, sous la bannière du Parti progressiste-conservateur, de 1972 à 1978, avant d'être nommé sénateur.

Les exemplaires constituant le troisième tirage (10e mille), et dont l'achevé d'imprimé indique la date du 30 juillet 1971 (il ne faut toutefois pas se fier à cette date qui demeurera la même pour les quatre ou cinq réimpressions de l'œuvre chez cet éditeur), portent l'appellation de «roman».

L'édition publiée à Paris, aux Éditions Robert Laffont, en 1973, est la copie exacte de celle de 1970, à l'exception de la page de titre et des plats supérieur et inférieur; l'auteur et l'œuvre y étaient présentés par ces deux notices:

Jacques Ferron
L'Amélanchier

Cinquante-deux ans, auteur de dix-neuf récits et recueils de contes et de plusieurs pièces de théâtre, Jacques Ferron est l'un des écrivains en qui le Canada français unanime reconnaît l'une de ses voix les plus originales et les plus authentiques. Cette voix est celle d'un conteur, d'un si merveilleux conteur que l'on a pu écrire: «Grâce à Jacques Ferron, le pays du Québec est désormais une terre aussi fabuleuse que l'Arabie[9]»... Avec le récit que voici, Ferron nous entraîne du côté de

9. Phrase initiale de l'ouvrage de J.-M. Paquette, *Jacques Ferron malgré lui*.

Lewis Carroll, dans le jardin des merveilles de l'enfance où pousse l'amélanchier,
l'arbre aimé des oiseaux, et où passent de
bien singuliers personnages. Longtemps,
tant qu'elle sera une petite fille, Tinamer
de Portanqueu vivra du «bon côté des
choses», jusqu'au jour où, nécessaire-
ment, elle devra franchir la route au-delà
de laquelle s'étend «le mauvais côté des
choses»... *L'Amélanchier* est un très beau
livre, dense, sensible, subtil et l'occasion
de découvrir un grand écrivain.

(plat inférieur)

Jacques Ferron est né le 20 janvier
1921 à Louiseville, Québec. Il est médecin.
Il écrit depuis 1948. Fondateur, en 1963,
du Parti Rhinocéros, parti d'humour,
dont il est la «corne inspiratrice». Candidat indépendantiste aux élections de 1966:
battu. A reçu, en 1972, deux grands prix
littéraires québécois.

(rabat du plat supérieur)

L'éditeur avait également ajouté une bande publi-
citaire qui se lisait comme suit:

«Découvrez le plus célèbre conteur
du Canada français»

Quant à l'édition de 1977, chez VLB Éditeur, elle s'est faite tout simplement en photographiant et en raboutant l'édition originale.

Notes

p. 27 *Tinamer*: anagramme de Martine, fille cadette de l'auteur.

esquire: titre de courtoisie emprunté à la tradition anglaise et qui désignait une classe de gens, la «gentry», où pouvaient se recruter les futurs nobles. Au Canada français, on a beaucoup utilisé le terme «écuyer», une pratique qui traduisait une certaine prétention sociale.

p. 29 *Monsieur Northrop*: selon Ferron, ce personnage lui aurait été inspiré à la fois par Lewis Carroll (1832-1898), l'auteur de *Alice's Adventures in Wonderland*, et de Northrop Frye (né à Sherbrooke, en 1912), critique et universitaire, célèbre par ses théories sur la création littéraire.

Ouhonnedeurfoule-dé: exemple de nombreuses adaptations phonétiques de termes anglais récupérés par l'auteur — voir à la page 116, «gagnestère» et, page 129, «traque» —, adaptations parfois teintées d'ironie: «Nouillorque» pour New York. Le patronyme «Grindelaire» (p. 109) provient sans doute de la transcription fantaisiste du mot *grinder*, c'est-à-dire meunier, propriétaire d'un moulin.

p. 32 *Daniel de Foe* (Defoe ou Defoë): romancier, journaliste et pamphlétaire (1660-1731), auteur du célèbre roman *La Vie et les aventures de Robinson Crusoé*.

bouledogue: symbole de l'Angleterre, utilisé souvent de façon caricaturale.

p. 34 *Empire*: l'empire britannique, celui sur lequel jadis le soleil ne se couchait jamais...

les nègres du Colonel Jack: référence probable au personnage central du roman de de Foe, *The History and Remarkable Life of the Truly Honourable Col. Jacque, commonly Call'd Col. Jack* [...], paru en 1722. Il existe une traduction française éditée à Paris, chez Gallimard, dans la collection «la Pléiade».

p. 35 *une célèbre famille du comté de Maskinongé*:
— *Le notaire*, Joseph-Alphonse Ferron (1890-1947), père de l'auteur, «habile dans la loi et les affaires» (Germain Lesage, *Histoire de Louiseville*), fut secrétaire-trésorier de la ville de Louiseville et du comté de Maskinongé, greffier de la Cour du Circuit, organisateur du Parti libéral.

— *L'avocat-poète*, Émile, fut élu député libéral à Ottawa, en 1935 et 1940, avant d'être nommé sénateur en 1943, puis, en 1945, juge de la Cour supérieure dans la juridiction de Trois-Rivières.

— *L'agronome*, Raymond, émigra à Montréal; il a publié un bon nombre d'articles et de brochures sur l'agriculture.

— *Le zouave pontifical*, Maxime, s'installa à Joliette et fit carrière dans l'assurance.

Quant à Etna (Madeleine Lavallée), elle a effectivement grandi dans le quartier Hochelaga (Montréal), sur la rue Saint-Germain, au sud de la rue Ontario.

p. 36   *Hector Desmarais*: en fait, Hector Desmarchais, maire de Ville-Jacques-Cartier (fusionnée à Longueuil en 1969), en 1954 et 1955.

la saint bidou des Franciscains: allusion au profit qu'aurait réalisé cette communauté par la vente de l'Externat classique de Longueuil (dont elle était propriétaire) lors de la création du cégep Édouard-Montpetit.

p. 37   *Petroni*: sans doute Pardo Petroni, domicilié, en 1958, au 700, boulevard Marie-Victorin, à Ville-Jacques-Cartier. L'*Annuaire de la Rive-Sud*, de Lovell, indique, à deux reprises (vol. 1, 1958 et vol. 2, 1962), qu'il est «*farmer*» de métier.

p. 44   *un cardinal léger*: Le 9 novembre 1967, l'archevêque de Montréal, le cardinal Paul-Émile
Léger, annonce qu'il démissionne de son
poste et qu'il part pour le Cameroun, en Afrique; en 1962, il avait fondé l'Institut *Fame
Pereo* pour les lépreux.

p. 45   *Pélo de la Christian Science*: l'insertion de
l'écrivain Claude Péloquin dans la liste de ces
intrus vantant les mérites de l'*American Way
of Life* pourrait peut-être s'expliquer par le
fait que le poète montréalais aurait refusé de
participer à une manifestation organisée par
le peintre Marcelle Ferron, sœur de l'auteur,
dans le but de dénoncer la participation des
États-Unis au conflit du Viêt-nam. La *Christian Science*, l'un des milliers de groupes religieux (églises, sectes, collèges bibliques) qui
pullulent aux États-Unis, est l'éditeur d'un
journal influent, *The Christian Science Monitor*.

p. 46   *GI Joe*: *Government Item* (ou *Issue*), textuellement «article (ou produit) du gouvernement»; dans le jargon militaire américain, *GI*
désigne un simple soldat, un *private*. Depuis,
cette expression est devenue une appellation
populaire des militaires américains. Au début
des années 60, un fabriquant de jouets créa
une poupée qu'il baptisa de ce nom et qui
connut un immense succès de vente.

missionnaires à bérets verts: le 25 décembre 1966, à la base aérienne de Saïgon-Tan Son Bhut (Viêt-nam), devant plus de 500 militaires américains, le cardinal Francis Spellman, archevêque de New York, célèbre la messe de Noël. Dans son sermon, s'écartant sensiblement de la ligne de pensée du Vatican, il déclare que «l'Amérique est le bon Samaritain de toutes les nations», et que les Américains qui combattent au Viêt-nam n'y sont pas seulement «comme les soldats des U.S.A., mais aussi comme les soldats du Christ». Ces propos déclencheront de vives réactions partout dans le monde. Parmi les unités militaires américaines qui participent à la guerre du Viêt-nam, se trouvaient les *Green Berets*, appellation populaire des *U.S. Army's Special Forces*, corps d'élite entraîné à la lutte contre la guérilla et à la répression des insurrections. En 1968, les *bérets verts* furent l'objet de l'un des rares films sur le Viêt-nam produit pendant ce conflit; œuvre de propagande, au parti pris racial, le film suscita une vive controverse. Une chanson, «The Ballad of the Green Berets», fut un gros succès commercial et ajouta à la renommée de cette unité.

Rédempteur Fauché: En août 1965, éclata ce que l'on appela «l'affaire Darabaner», du nom de Moïse Darabaner que Ferron surnomme ici *le roi Hérode* (toutefois, en tenant compte de l'avertissement contenu dans l'édition originale du récit, on peut se demander si ce ne serait pas plutôt le ministre de la Justice de l'époque, Claude Wagner, qui serait désigné sous ce surnom... voir p. 161). Cet homme d'affaires, commissaire de la Cour supérieure de Québec, aurait été l'âme dirigeante d'un vaste réseau de faillites frauduleuses et d'incendies criminels. Parmi les «torches» (incendiaires) à son service, il y avait ce *Rédempteur Faucher*. Devenus des témoins gênants, plusieurs d'entre eux furent assassinés. On retrouva le corps de Faucher dans les environs de Saint-Gilles-de-Lotbinière grâce aux révélations d'Ovila «Doudou» Boulet, lequel avoua avoir lui-même allumé plus de 47 incendies.

p. 69   *«Oh! oh! che naso brutto!»*: Oh! oh! quel vilain nez!

p. 74   La deuxième église de Louiseville, construite de 1915 à 1920, fut détruite par les flammes dans la nuit du 14 août 1926.

p. 79   *Tante Irène*: Irène Caron, sœur aînée de la mère de l'auteur, morte de tuberculose en 1927.

        Hubert Robson: voir note de la page 147.

p. 85   Révérend Onésime A. Boyer, *Couronnée d'épines. Marie-Rose Ferron, surnommée la Petite Rose, la stigmatisée de Woonsocket*, Montréal, Chez l'auteur, 1941.

Viger, Louis-Michel (1785-1855), avocat, militaire et politicien.

p. 88 *Colombière*: la Colombie-britannique.

p. 96 *Doudou Boulet* — le *roi Hérode*: voir note de la page 46.

p. 105 *Ogou Feraille*: dans le culte vaudou, Ogou-Ferraille est un forgeron, le dieu de la guerre que l'on représente revêtu d'une armure métallique.

p. 107 *stage*: le *stage coach*, la diligence.

p. 116 *le Sanitary Refuse*: serait-ce la raison sociale de l'entreprise chargée de la cueillette des ordures ménagères?

p. 121 *le Mékong*: l'un des plus longs fleuves d'Asie. Scène de nombreux combats durant la guerre du Viêt-nam.

Corbeau: terme légèrement atténué par l'auteur; il désigne sûrement Denis Szabo, criminologue dont les recherches ont surtout porté sur la délinquance juvénile en milieu urbain.

p. 122 *La Pira*, Giorgio (1904-1977), catholique convaincu, cet avocat et politicien fut membre du parlement italien et maire de Florence. À l'automne de 1966, à Hanoi, il rencontra Hô Chi Minh, leader du parti communiste du Viêt-nam du Nord, dans le but d'amorcer des négociations entre son pays et les États-Unis pour régler pacifiquement le conflit opposant les zones Nord et Sud du Viêt-nam.

p. 129   Le docteur Gaston *Loignon*.

p. 130   Le *réputé neurologue*: il devrait s'agir de
           Wanda Schiffman-Rubenstein, que l'auteur
           évoque plus loin (page 133) sous le nom de
           Shifman.

p. 135   *Yoland Guérard*: chanteur, comédien, anima-
           teur à la télévision privée et d'État. Il connut
           un certain succès dans quelques opérettes en
           France et aux États-Unis. En 1985, il a été
           nommé directeur du Centre culturel canadien
           à Paris.

p. 139   *Colgate et Palmolive*: multinationale dont le
           siège social se trouve à New York et qui fabri-
           que principalement des savons et des cosmé-
           tiques.

p. 147   L'*Épopée chevaleresque* de Jacques Cazotte
           (1719-1792), *Ollivier*, parut en 1763 dans une
           édition qui ne mentionnait ni le lieu d'édition,
           ni l'éditeur.

           Les quatre tomes des *Bois-Francs*, de Charles-
           Édouard Mailhot, furent publiés par la Com-
           pagnie d'Imprimerie d'Arthabaskaville, de
           1914 à 1925. C'est dans le premier tome
           qu'on retrouvera l'histoire de la petite Mary
           Victoria Mahon, à l'intérieur de l'«esquisse»
           consacrée à la paroisse de Saint-Médard-de-
           Warwick.

           L'essai de Pierre Jaccard, *Le Sens de la direc-
           tion et l'orientation lointaine chez l'homme*, a

été publié en 1932, à Paris, par la Bibliothèque scientifique.

Wasp: White Anglo-Saxon Protestant; à l'origine, aux États-Unis, cette appellation désignait «les descendants des premiers immigrants, ceux qui ont longtemps détenu tous les pouvoirs et affirmé leur supériorité sur tous les autres groupes ethniques, culturels et confessionnels» (*Dictionnaire anglais-français et lexique français-anglais des termes politiques, juridiques et économiques*, Paris, Flammarion, 1980). Au Canada français, elle s'appliqua longtemps aux anglophones.

p. 149 *La Voix des sillons*: roman de la terre, paru à Montréal, en 1932, aux Éditions Édouard-Garand.

Bibliographie

I

ŒUVRES DE JACQUES FERRON
(Sauf indication contraire,
le lieu d'édition est Montréal)

THÉÂTRE

Aux Éditions d'Orphée:

La Barbe de François Hertel, suivi de: *Le Licou*,
[1953?], 40 pages.
Autres éditions:
les deux œuvres: en 1956, et *Le Licou*, en 1958,
chez le même auteur; *La Barbe...*: Éditions du
Jour, 1970 et VLB Éditeur, 1981.

Le Dodu ou le Prix du bonheur, 1956, 91 pages.

Autre édition:
dans *Théâtre 2*, Librairie Déom, 1975.

Tante Élise ou le Prix de l'amour, 1956, 102 pages.

Autre édition:
dans *Théâtre 1*, Librairie Déom, 1968.

Le Cheval de Don Juan, 1957, 223 pages.

Autre édition:
dans *Théâtre 1*, Librairie Déom, 1968, dans une version remaniée.

Les Grands Soleils, 1958, 180 pages.

Autre édition:
dans *Théâtre 1*, Librairie Déom, 1968, dans une version remaniée.

Cazou ou le Prix de la virginité, 1963, 86 pages.

Chez d'autres éditeurs:

L'Ogre, Les Cahiers de la File indienne, 1949, 83 pages.

La Tête du roi, Association générale des étudiants de l'Université de Montréal, 1963, collection «Cahiers», 93 pages.

Autre édition:
dans *Théâtre 2*, Librairie Déom, 1975.

La Sortie, dans *Écrits du Canada français*, 19, 1965, p. 109-145.

Théâtre 1: Les Grands Soleils; *Tante Élise*; *Le Don Juan chrétien*, Librairie Déom, 1968, 229 pages.

Le Cœur d'une mère, dans *Écrits du Canada français*, 25, 1969, p. 55-94.

Théâtre 2: Le Dodu; *La Mort de monsieur Borduas*; *Le Permis de dramaturge*; *La Tête du roi*; *L'Impromptu des deux chiens*, Librairie Déom, 1975, 192 pages.

☐

ROMANS, CONTES ET RÉCITS

Contes du pays incertain, Éditions d'Orphée, 1962, 200 pages.

Autre édition:
dans l'«édition intégrale» des *Contes*, Éditions HMH, 1968.

Traductions:
quelques contes, dans *Tales from the Uncertain Country*, en 1972, et dans *Selected Tales of Jacques Ferron*, en 1984, recueils publiés chez Anansi, à Toronto.

Cotnoir, Éditions d'Orphée, 1962, 99 pages.

Autres éditions:
aux Éditions du Jour, 1970 et chez VLB Éditeur, 1981.

Traduction:
sous le titre *Dr. Cotnoir*, Harvest House, 1973.

Contes anglais et autres, Éditions d'Orphée, 1964, 153 pages.

   Autre édition:
   dans l'«édition intégrale» des *Contes*, Éditions HMH, 1968.

   Traductions:
   quelques contes, dans *Tales from the Uncertain Country*, en 1972, et dans *Selected Tales of Jacques Ferron*, en 1984, recueils publiés chez Anansi, à Toronto.

La Nuit, Éditions Parti pris, 1965, 134 pages.

   Autres éditions:
   aux Éditions France-Québec (Montréal)/Fernand Nathan (Paris), 1979;
   dans une version «nouvelle», dans *les Confitures de coings et autres textes*, aux Éditions Parti pris, en 1972 et en 1977.

Papa Boss, Éditions Parti pris, 1966, 142 pages.

   Autres éditions:
   dans *les Confitures de coings et autres textes*, chez le même éditeur, en 1972 et en 1977.

   Traduction:
   dans la revue *Exile*, en 1972; reprise dans le recueil *Quince Jam*, Toronto, Coach House, 1977.

Contes, édition intégrale: *Contes du pays incertain*; *Contes du pays anglais*; *Contes inédits*, Éditions HMH, 1968, 210 pages.

La Charrette, Éditions HMH, 1968, 207 pages.

Traduction:
sous le titre *The Cart*, Toronto, Exile Editions, 1981.

Le Ciel de Québec, Éditions du Jour, 1969, 403 pages.

Autre édition:
chez VLB Éditeur, 1979.

Traduction:
sous le titre *The Penniless Redeemer*, Toronto, Exile Editions, 1984.

L'Amélanchier, Éditions du Jour, 1970, 163 pages.

Autres éditions:
à Paris, Robert Laffont, 1973;
VLB Éditeur, 1977.

Traduction:
sous le titre *The Juneberry Tree*, Harvest House, 1975.

Le Salut de l'Irlande, Éditions du Jour, 1970, 221 pages.

Les Roses sauvages, Éditions du Jour, 1971, 177 pages.

Traduction:
sous le titre *Wild Roses*, Toronto, McLelland and Stewart, 1976.

La Chaise du maréchal ferrant, Éditions du Jour, 1972, 223 pages.

Le Saint-Élias, Éditions du Jour, 1972, 186 pages.

Traduction:
sous le titre: *The Saint Elias*, Harvest House, 1975.

Les Confitures de coings et autres textes, Parti pris, 1972, 326 pages.

Traduction:
sous le titre *Quince Jam*, Toronto, Coach House, 1977.

Gaspé-Mattempa, Trois-Rivières, Éditions du Bien public, 1980, 52 pages.

Rosaire, précédé de: *L'Exécution de Maski*, VLB Éditeur, 1981, 197 pages.

☐

RECUEILS DE TEXTES DIVERS

Historiettes, Éditions du Jour, 1969, 182 pages.

Du fond de mon arrière-cuisine, Éditions du Jour, 1973, 290 pages.

Escarmouches, deux tomes, Leméac, 1975, 391 et 227 pages.

Les Lettres aux journaux, VLB Éditeur, 1985, 586 pages.

Le Choix de Jacques Ferron dans l'œuvre de Jacques Ferron, Québec, Les Presses laurentiennes, 1985, 79 pages.

□

PIÈCES RADIOPHONIQUES
(Diffusées au réseau MF de Radio-Canada.
Édition en préparation chez VLB Éditeur.)

«J'ai déserté Saint-Jean-de-Dieu», 14 octobre 1971.

«Les Cartes de crédit», 14 novembre 1972.

«Les Yeux», 4 octobre 1974.

«La Ligue des bienfaiteurs de l'humanité», 28 février
     1975.

II

ÉTUDES

[ANONYME], «*L'Amélanchier*», *L'Église cana-
     dienne*, vol. 3, no 7, juillet 1970, p. 218 et p. 251.
BEAULIEU, Ivanhoé, «*L'Amélanchier*, un merveil-
     leux conte de la tendresse humaine», *Le Soleil*,
     73e année, no 46, 21 février 1970, p. 43.
BEAULIEU, Michel, «Le Monde de Tinamer», *Le
     Livre d'ici*, vol. 3, no 21, 1er mars 1978, [s.p.].

BEAULIEU, Victor-Lévy, «Sur quelques livres québécois importants publiés en 1970», *Maintenant*, no 103, février 1971, p. 44-46.

BELLEMARE, Madeleine, «Ferron (Jacques), *L'Amélanchier*», *Nos livres*, vol. 9, mai 1978, no 22.

BOUCHER, Jean-Pierre, *Jacques Ferron au pays des amélanchiers*, Montréal, PUM, 1973, 112 p. (Collection «Lignes québécoises: textuelles».)

CANTIN, Pierre, «Bibliographie sélective de Jacques Ferron», *Voix et images*, vol. VIII, no 3, printemps 1983, p. 465-477.

CANTIN, Pierre, *Jacques Ferron polygraphe. Essai de bibliographie suivi d'une chronologie*, Montréal, Bellarmin, 1984, 548 pages; surtout p. 203-206 et p. 342-348.

ÉTHIER-BLAIS, Jean, «*L'Amélanchier* de Jacques Ferron: ni à droite, ni à gauche, un livre naturel», *Le Devoir*, vol. LXI, no 67, 21 mars 1970, p. 15.

ÉTHIER-BLAIS, Jean, «Un Noël de lecture», *Le Devoir*, vol. LXI, no 289, 12 décembre 1970, p. 24.

HAECK, Philippe, «Perdre son corps. Une méthodologie pour l'étude du 'corps romanesque': une lecture de *l'Amélanchier*», Présence francophone, no 18, printemps 1979, p. 127-133.

L'HÉRAULT, Pierre, *Jacques Ferron, cartographe de l'imaginaire*, Montréal, PUM, 1980, 293 pages; *passim*. (Collection «Lignes québécoises».)

MAJOR, André, «*L'Amélanchier*: un conte de fées», *Dimanche-Matin*, vol. XVII, no 11, 22 mars 1970, p. 67.

MARCHAND, Jacques, «Radio MF/Pour le plaisir du texte libre», *Le Devoir*, vol. LXX, no 122, 26 mai 1979, p. 20.

MARTEL, Réginald, «Ce fut un beau jardin», *La Presse*, 86e année, no 84, 11 avril 1970, p. 29; repris sous le titre «*L'Amélanchier* de Jacques Ferron», dans *Québec 70*, 7e année, no 19, octobre 1970, p. 145-148.

MARTEL, Réginald, «Vous n'avez pas changé, Tinamer de Portanqueu», *La Presse*, 94e année, no 36, 17 juin 1978, p. D4.

P[AGÉ], J[ocelyn], «*L'Amélanchier*», *Focus*, vol. 1, no 9, mars 1978, p. 50-51.

[PAQUETTE], Jean Marcel, «Tinamer au pays des merveilles», *Livres et auteurs québécois 1970*, p. 11-14; texte repris dans *Jacques Ferron malgré lui*, Montréal, Parti pris, 1978, 285 pages; p. 171-178. (Collection «Frères chasseurs».) La première édition de cet essai avait paru en 1970, aux Éditions du Jour.

[PAQUETTE], Jean Marcel, «Introduction à la méthode de Jacques Ferron», Études françaises, vol. 12, nos 3-4, octobre 1976, p. 181-215; repris dans *Jacques Ferron malgré lui, op. cit.*, p. 213-246.

PAQUETTE, Jean-Marcel, «De l'essai dans le récit au récit dans l'essai chez Jacques Ferron», dans *l'Essai et la prose d'idées au Québec*, Montréal, Fides, 1985, p. 621-642.

[PELLETIER, Claude], *Jacques Ferron, dossier de presse 1950-1981*, Sherbrooke, Bibliothèque du

Séminaire de Sherbrooke, 1981, [s.p.].

RAOUL, Valérie, «Ferron's Appeal: *L'Amélanchier*», *Canadian Literature*, No. 91, Winter 1981, p. 155-157.

RICHER, Julia, «Échos littéraires. *L'Amélanchier*», *L'Information médicale et paramédicale*, vol. XXII, no 11, 21 avril 1970, p. 26.

ROBERGE, François, «*L'Amélanchier*, récit de Jacques Ferron», *Sept-Jours*, 4e année, no 29, 4 avril 1970, p. 37.

SAINT-ONGE, Paule, «*Châtelaine* a lu pour vous», *Châtelaine*, vol. 11, no 6, juin 1970, p. 10.

STRATFORD, Philip, «Quantity Is No Problem», *The Globe and Mail*, 127th Year, No. 37630, July 1970, p. 15.

VADEBONCŒUR, Pierre, *Les Deux Royaumes*, Montréal, l'Hexagone, 1978, 239 pages; p. 149-156.

Choix de jugements sur *l'Amélanchier*

«C'est une petite fille qui parle, Tinamer de Portanqueu, nous entraînant dans le jardin des merveilles, du bon côté des choses. Par elle, Ferron remonte le courant du temps jusqu'à l'amélanchier, l'arbre généalogique par excellence. La petite fille deviendra grande, elle verra disparaître les fées, les sorcières et elle découvrira la réalité, le mauvais côté des choses. Il faut, dit-elle, se souvenir du pays de son enfance dont son père lui avait très tôt donné la clé. On rencontre dans ce conte du jour et de la nuit des personnages étranges, ce M. Northrop, lapin devenu Anglais, et le père lui-même, que sa fille prendra longtemps pour un voleur, n'est pas le moins étrange.»

André Major
Dimanche-Matin

☐

NOTE: on trouvera la référence bibliographique complète des jugements à la partie intitulée «BIBLIOGRAPHIE».

«De *l'Amélanchier*, quand le manège cesse de tourner à la fin, il nous reste ce merveilleux conte de la tendresse. Une réflexion tendre et amusée sur la fin d'un univers qui se brise comme le verre de cristal, qui perd ses fleurs trop tôt comme l'amélanchier du printemps. «Tinamer! Tinamer! est-ce une si grande conquête que de devenir sa captive et geôlière, l'une à l'autre enlacées dans un combat à n'en plus finir que tu ne sois devenue la tombe des deux?» Jacques Ferron a atteint avec *l'Amélanchier* le point de non-retour de sa carrière littéraire. Un monde s'est désarticulé qui est celui de l'enfance, cette «lisière crépusculaire de [ses] premières années».

Aucun univers de beauté, aucun paradis (fussent-ils ceux de l'enfance) ne sauraient tenir devant la souffrance de Coco, image douloureusement caricaturale d'une société qui s'empresse de le coucher au fond de ces dortoirs de la mort, entre l'oubli et la cruauté. Jacques Ferron, à son âge, sait toute l'importance d'une enfance heureuse, mais il sait aussi que ce monde n'a pas fini de guérir qui traite si mal ses pauvres, ses infirmes, ses Mozart assassinés.»

Ivanhoé Beaulieu,
Le Soleil

☐

«D'autres romans de l'enfance ont tenté à leur façon de re-créer une écriture qui colle à ce monde; ce n'est pas, semble-t-il, le projet de Ferron qui, lui, fouille plutôt les mythologies en prenant ses distances, seul moyen finalement de les interpréter dans le contexte qui fut le leur. Il ne s'en cachera d'ailleurs pas et nulle part prétendra-t-il que Tinamer narratrice a l'âge de Tinamer personnage. Une enfance, donc, aux prises avec les affabulations de cet âge trop vite passé. Mythologie du pays, aussi, que chaque page souligne, familles ancestrales ou Messieurs les Anglais, sans oublier cette rive sud du sud de Montréal, Longueuil, et ce qui allait être Ville-Jacques-Cartier avant de se fondre dans le grand tout qu'est devenu cet espace du bord du Saint-Laurent.

On a, je crois, peu compris Ferron à l'étranger, ce qui ne l'empêche d'ailleurs pas d'être un écrivain d'une très grande importance. Il ne semble d'ailleurs pas s'en porter plus mal pour autant puisqu'il n'a vraisemblablement pas écrit pour qu'autrui perçoive l'âme québécoise. En fait, Ferron peut très bien n'avoir écrit que pour révéler les Québécois à eux-mêmes. Procédant le plus souvent par allégorie ou mettant en scène les personnages réels, il cautionne l'imaginaire.»

Michel Beaulieu,
Le Livre d'ici

□

«... M. Jacques Ferron est un tendre que séduisent surtout les beautés du style. *L'Amélanchier* est plein de descriptions qui sont de vrais poèmes. M. Jacques Ferron fait très attention au rythme de ses phrases. Ce rythme, il l'a langoureux, avec des chutes recherchées, qui ouvrent un nouvel horizon et débouchent volontiers sur le ciel. Il faut dire que l'amélanchier lui-même se dresse à l'orée d'un petit bois qui fourmille d'animaux sympathiques; par-delà ce havre, il y a l'eau du fleuve et vers le Nord, le comté de Maskinongé. Plus loin, grâce à un télescope dressé dans le jardin, il y a la lune et la mer des Tranquillités. Plus loin encore, il y a le rêve et la vie qui vous emporte. Mais revenons à M. Jacques Ferron. C'est donc un tendre que le spectacle de la bêtise et de la cruauté humaine (c'est la même chose) irrite.

[...]

M. Jacques Ferron est hanté par notre passé. Il l'est aussi par notre avenir. Croit-il que nous sommes appelés à survivre? Ce qui me frappe surtout c'est à quel point son patriotisme est terrestre. Il n'est pas, comme l'Abbé [Félix-Antoine] Savard, l'homme des grands espaces immatériels, que traversent, par-dessus les nuages, des théories d'oiseaux sauvages. M. Jacques Ferron est l'homme du terreau natal, d'un certain ciel bien délimité par les yeux, d'une sorte de jardin; il y a, dans son œuvre, des clôtures. Avant, donc, d'aimer une vaste terre, il aimera la petite qui l'a vu naître, il fera le tour de son champ. Il en va de même lorsqu'il parle des hommes. Ainsi, dans *l'Amélanchier*, M. Jacques Ferron trace le portrait de sa famille. Cela, de toute évidence, l'amuse et l'émeut. Tous ces Ferrons renaissent sous sa plume, géniteurs inconnus, mais sans doute pleins de personnalité; il en est sorti notre romancier, une source inépuisable de peinture et de mots et (toujours du côté des femmes, c'est M. Jacques Ferron qui nous l'apprend) Rose Ferron, la stigmatisée de Woonsocket. C'est pour des détails comme celui-ci qu'il est toujours agréable de lire M. Jacques Ferron. Il vous agace pendant les pages (mais pas dans *l'Amélanchier*) et puis, on lui pardonne à cause de la stigmatisée. Tout le monde n'a pas cette originalité d'esprit.

Au cœur du jardin, de curieux êtres paraissent, qui donnent sa vraie dimension au monde de Tinamer: trois Anglais qui sortent tout droit d'*Alice au pays des merveilles*. M. Northrop, c'est le Lapin; la petite fille blonde, c'est Alice et le prêtre amoureux de cette belle enfant, qui est-ce donc, sinon Lewis Carroll lui-même (dont on sait à quel point il aimait les petites filles). La féérie est ici parfaitement littéraire, mais arrangée. M. Jacques Ferron aime sa terre natale et les dernières pages de son livre forment une belle méditation sur ce thème; mais il est aussi hanté par le mystère de l'Anglo-Saxon. Quel est, au juste, cet animal mythique, qui est sa Licorne? Il y a toujours, quelque part dans son œuvre, un Anglais ridicule et puissant qui se dresse soudain, au milieu des épaves que nous sommes, comme un phare. Il y a là beaucoup d'admiration rentrée.»

Jean Éthier-Blais,
Le Devoir (21 mars 1970)

□

«... devant cette œuvre [...], je me sens envoûté comme devant quelque objet, disons, sacré; en exercice de culte; et j'ai écrit à Ferron sur-le-champ après avoir refermé le livre, ne sachant pas trop comment le lui dire, ni m'exprimer sans m'étendre et sans chercher mes mots dont je n'avais que faire après ce que je venais de lire; je lui ai dit par le plus court que c'était un chef-d'œuvre. Qu'est-ce qu'un chef-d'œuvre? La question est oiseuse. En tout cas c'en était un, à mon idée première et qui n'a pas changé. Ce livre me paraissait tout à fait singulier [...]; et, sorte de confirmation par une qualité de singularité d'un autre ordre, n'est-il pas vrai que *l'Amélanchier* est également singulier, coïncidence à noter, par rapport au reste de l'œuvre de Ferron? Une œuvre à part? D'une émotion particulière advenue comme un don, pour une fois seulement? Le temps d'entrer dans le temps de Tinamer et d'en sortir, où sans doute, il y avait un grand imprévu attendant la visite de l'auteur.

[...]

... dans *l'Amélanchier*, [...] il n'y a pas seulement l'enfance, il y a l'art, et là-dessus on n'en finirait pas d'évoquer l'écriture, la poésie — la sûreté et la complexité du geste, la beauté de floraison de l'œuvre, riche comme un jardin riche; et je ne sais quelle gravité dans tout cela et auprès de Tinamer. Ce texte est écrit sur l'infranchissable écran qui nous sépare de la Lumière et qui ne laisse filtrer que ce qu'il faut d'ors pour illuminer les arabesques que nous y traçons pour témoigner d'Elle.»

Pierre Vadeboncœur,
Les Deux Royaumes

«... *l'Amélanchier* est un livre d'une intense poésie. Jacques Ferron, comme beaucoup d'écrivains timides, qui n'osent pas sortir d'eux-mêmes, est à l'aise dans le monde de l'enfance. Dans *l'Amélanchier*, il trace le portrait d'une charmante petite fille, tendre, pleine de soubresauts, près de la nature, rêveuse, une Alice au pays des merveilles montréalaises. On ne peut pas ne pas aimer cette enfant, ses parents, le père à la fois sévère et, comme sa fille, rêveur, la mère, toute à ses occupations, à son amour de femme. Nous sommes loin des déclarations délirantes et de l'imagination baroque du *Ciel de Québec*, mais dans un univers souriant, où paraît soudain le fantôme d'un pasteur d'autrefois, amoureux des petites filles, sous les traits de M. Northrop, vieil Anglais. Livre d'illusions historiques et littéraires, livre de lettré, qui sait s'amuser avec les mythes. Livre aussi (surtout?) de poète. Jacques Ferron regarde la nature de la Rive-Sud avec les yeux d'un animal de nos nombres forêts, qui d'instinct connaît toutes les pistes, les odeurs, les bruits de son empire. C'est peut-être cet amour profond de la géographie québécoise qui permettra à Jacques Ferron d'aborder aux rives lointaines, avec sa cargaison de personnages mi-historiques mi-inventés et l'étonnement d'une âme, en dernière analyse, et malgré le cynisme apparent, pure.»

Jean Éthier-Blais,
Le Devoir (12 décembre 1970)

□

«Ferron, est-il seulement besoin de le dire, possède l'art de créer des personnages insolites, mi-fable, mi-réalité. Dans *l'Amélanchier*, ses créatures vibrent comme rarement ailleurs. Le souffle poétique les meut, mais c'est une poésie tendre et lucide. Ainsi lorsque Jean-Maurice remplace Tinamer dans les inquiétudes de Léon, la description que Ferron donne des hôpitaux psychiatriques pour enfants (qui serait chez un autre écrivain pure et simple digression) lui permet de se pencher avec sympathie sur ces êtres «tirés de leurs limbes, trop tard, hélas!».

L'Amélanchier, c'est avant tout une histoire vraie, l'histoire de tout enfant qui accède à l'état adulte. Et c'est à la fois plein de promesses et lourd de nostalgie.»

L'Église canadienne

☐

«C'est peut dire que j'ai aimé *l'Amélanchier*, le plus récent récit de Jacques Ferron. Et pourtant, je n'ai pas eu la tentation, à laquelle je ne résiste jamais, d'écrire tout de suite, lecture faite, l'article enthousiaste dont je pouvais trouver la substance dans les quelques dizaines de notes de lecture que j'avais rédigées en écoutant la petite Tinamer de Portanqueu, l'héroïne, me raconter sa difficulté d'apprendre à vivre la vie si pauvre dans laquelle, si tôt, les enfants sont embarqués, pour ressembler aux autres et qu'on n'en parle plus, pour grossir les rangs des 'foqués'. Non, je voulais attendre quelque peu, pour seulement comprendre pourquoi *l'Amélanchier* m'a pris aux tripes plus qu'aucune œuvre de Ferron, pourquoi les idées (appelons ça, plus simplement, des humeurs) qu'il m'a mises en tête, qui me font croire que *l'Amélanchier* est autre chose — nous essaierons de voir quoi — que tout ce que Ferron, notre impitoyable ami, nous avait proposé à ce jour. Ne retournons pas au déluge: prenons seulement *le Ciel de Québec*. Il y avait dans cette chronique romancée finesse et tendresse, comme d'habitude. Mais dans *l'Amélanchier*, Ferron, qui ne finit jamais d'étonner, cesse tout d'un coup de mâcher les mots de l'une et de l'autre. Finesse et tendresse sont pures, fraîches, tristes un peu, tout habillées d'une généreuse passion. Carrément: Ferron prend un coup de vieux. En effet, il n'est pas possible de célébrer ainsi l'enfance et ses miracles sans avoir dans sa mémoire actuelle de belles mélancolies.

[...]

Ne cherchons pas, dans *l'Amélanchier*, de joyeuses pitreries; reconnaissons une voix aimée dont le ton, pour dire des choses graves, devient grave. Heureuse Tinamer de Portanqueu, dont le papa 'voleur de banques' savait discerner, dans ses voyages des deux côtés des choses, et rapporter dans le joli coffret de l'amour, les éléments fragiles mais probants du plus beau des testaments.»

Réginald Martel,
La Presse (11 avril 1970)

□

«Conteur comme pas un écrivain avant lui, intéressant par son originalité, un style vibrant, évocateur. Que c'est beau cette enfance que nous raconte Ferron! L'enfance vue d'une certaine façon, parfois par le bon côté des choses, parfois par le mauvais côté des choses. Tout tenant à cette lunette fixée à l'œil nu, appoint nécessaire pour mieux voir le merveilleux monde de la lune, du lac Saint-Pierre, du jardin familial, du bois sans issue que Tinamer découvre avec son père.

[...]

Voici un récit qu'il faut lire... pour croire encore à l'enfance.»

Julia Richer,
L'Information médicale et paramédicale

□

«Les années ont passé, *l'Amélanchier* surprend encore. Surprise d'abord de constater l'extrême liberté de la construction, autrement dit l'extrême liberté du conteur, puisque ce «récit» est un conte plus long que d'autres contes du même conteur. Jacques Ferron ne bâcle rien, la finesse de l'écriture et la précision du mouvement stylistique en témoignent éloquemment, mais on devine qu'il ne s'embarrasse pas d'un plan ou même d'un schéma rigoureux, qui risqueraient de tarir à sa source une veine spontanée, de laisser fermée une parenthèse intéressante, d'arrêter la flèche du franctireur qui a besoin d'une totale liberté de mouvement. Liberté qui pourrait faire dire, s'il s'agissait

d'un roman, que celui-ci est boiteux, inégal ou incomplet.»

Réginal Martel,
La Presse (17 juin 1978)

☐

«Comme Léon de Portanqueu à l'imagerie bibli-
que, Tinamer emprunte à ces contes enfantins chacun
des éléments qui composent son univers magique.
Ainsi, sa rencontre avec le lapin lui vient d'*Alice au
pays des merveilles*; le «*oh! oh! che naso brutto*», de
Pinocchio. Car il faut bien le dire: son conte, Jacques
Ferron l'a très habilement manigancé à partir de bien
d'autres livres, ce qui en fait un succès d'autant plus
singulier: de Proust d'abord (ou contre lui), de Collodi
(*Pinocchio*), de Lewis Carroll (*Alice...*) dont la présence dans *l'Amélanchier* est si manifeste qu'ils ne sont
point nommés; mais aussi de Cazotte (l'épisode de la
cage aux poules), de Mgr Mailhot (la tendre histoire de
Hubert Robson et de Mary Mahon) et de Pierre Jaccard (la théorie de l'orientation chez l'enfant) qui sont
nommés par Tinamer et dont les ouvrages sont ouverts
devant elle sur sa table de travail au moment où elle
rédige les «mémoires» qui forment le conte entier de
l'Amélanchier.
[...]
Nous voici devant un fait accompli: le conte de
l'Amélanchier est un univers complet. À ce titre il est à
ranger parmi les livres majeurs de notre littérature.

Jacques Ferron en aura écrit trois ou quatre, dont celui-ci, livre d'enfance pour adultes seulement.»

Jean-Marcel Paquette,
Livres et auteurs québécois

Sommaire biographique

1921   Naissance, le 20 janvier, à Louiseville, comté de Maskinongé, de Jacques Ferron, fils aîné de Joseph-Alphonse Ferron, notaire, et d'Adrienne Caron. Il est baptisé le jour même; le parrain est son grand-père, Benjamin Ferron, cultivateur à Saint-Léon-le-Grand, la marraine, sa grand-mère, Victoria Lescadres.

1926   Études primaires à l'Académie Saint-Louis-de-Gonzague, à Louiseville, de septembre 1926 à juin 1931.

1931   Le 5 mars, mort de sa mère.

En septembre, il poursuivra son cours primaire à Trois-Rivières, au Jardin de l'enfance, où il sera pensionnaire jusqu'à la fin de juin 1933.

1933   En septembre, il commence son cours classique chez les Jésuites, au Collège Jean-de-Brébeuf (Montréal). Renvoyé de cet établissement en septembre 1936, il finira l'année scolaire au Collège Saint-Laurent. Admis de nouveau à

Brébeuf l'année suivante, il en sera renvoyé en février 1941 et il devra compléter son cours au Collège de l'Assomption.

1941   En septembre, il débute ses études de médecine à l'Université Laval (Québec).

1943   Le 22 juillet, à Nicolet, il épouse Madeleine Therrien, étudiante en droit à l'Université Laval. Le couple aura une fille, Anne, née en 1947, et se séparera en avril 1949.

En novembre, il s'enrôle dans le Corps médical royal canadien.

1945   En juin, il est reçu médecin.

En juillet, il poursuit son instruction militaire, d'abord à Vernon (Colombie-britannique), puis à Borden (Ontario). Il est affecté ensuite à plusieurs postes au Nouveau-Brunswick et au Québec, avant d'être démobilisé en juin 1946.

1946   À l'été, il choisit d'aller pratiquer sa profession en Gaspésie. Il s'installe brièvement à Petite-Madeleine, puis à Sainte-Madeleine-de-la-Rivière-Madeleine.

1948   À l'automne, il revient à Montréal et ouvre un cabinet de consultation, rue de Fleurimont.

1949   À l'été, il déménage son bureau à Ville-Jacques-Cartier, banlieue ouvrière de la rive sud de Montréal.

En décembre, parution de son premier

ouvrage, *l'Ogre*, une pièce de théâtre publiée à compte d'auteur aux Cahiers de la File indienne, du poète Gilles Hénault.

1950 En mai, il est admis au sein de la Société des écrivains.

1951 Le 2 janvier, il fait paraître un texte à caractère autobiographique dans *l'Information médicale et paramédicale*. C'est le début d'une collaboration assidue qui ne prendra fin qu'avec la disparition du périodique, en 1980.

1952 Le 28 juin, il épouse Madeleine Lavallée. Trois enfants naîtront de cette union: Marie (1953); Martine, la Tinamer de *l'Amélanchier* (1956), et Jean-Olivier (1958).

1953 Parution de *la Barbe de François Hertel*, suivie de: *Le Licou*.

1954 Il est membre de la direction du Congrès canadien pour la paix.

1956 Publication de deux pièces: *Le Dodu*, en février, et *Tante Élise*, en décembre.

En octobre, la famille Ferron emménage au 931 de la rue Bellerive (l'une des artères situées dans un secteur baptisé, par un promoteur, du nom de «Domaine Bellerive»), à Ville-Jacques-Cartier, municipalité qui sera fusionnée à Longueuil, en 1969.

1957 En septembre, parution du *Cheval de Don Juan*.

Il est élu comme l'un des directeurs de la Société des écrivains canadiens.

1958 Aux élections fédérales du 31 mars, il est candidat du Parti social démocrate (P.S.D.) — qui deviendra le Nouveau Parti démocratique — dans le comté de Longueuil.

En mai, publication des *Grands Soleils*, pièce soumise, l'année précédente, au premier concours d'œuvres dramatiques du Théâtre du Nouveau-Monde.

Durant l'année, création à la scène de quatre pièces: *le Licou*, *le Dodu*, *le Cheval de Don Juan* et *l'Ogre*.

1959 En janvier, il participe à la création de la revue *Situations*.

1960 Les 25 et 26 mars, *Le Licou* est joué à la Maison du Canada, à Paris.

Le 1er avril, il démissionne du P.S.D.

En août, il participe à la fondation de l'Action socialiste pour l'indépendance du Québec.

1961 En janvier et en mars, reprises du *Cheval de Don Juan*.

En avril, création à la scène de *l'Américaine*.

En octobre et en novembre, il collabore brièvement au quotidien montréalais, *le Nouveau Journal*.

1962 Le 15 février, parution des *Contes du pays incertain*, recueil qui lui vaudra le prix du

Gouverneur-général.

Le 20 mai, lancement de *Cotnoir*.

En décembre, il est réélu au conseil de direction de la Société des écrivains canadiens.

1963   Le 19 avril, lancement de *la Tête du roi*.

À l'automne, avec des amis et des proches, il crée le Parti Rhinocéros.

Collaboration à la revue *Parti pris*.

Le 18 décembre, publication de *Cazou* ou *le Prix de la virginité*.

1964   En mai, parution des *Contes anglais et autres*.

1965   En avril, publication de *la Nuit*.

1966   En avril, parution de *Papa Boss*.

En mai, il se joint à l'équipe des médecins de l'hôpital psychiatrique du Mont-Providence (le «Mont-Thabor» de *l'Amélanchier*), devenu, en 1969, l'Hôpital Rivière-des-Prairies. Il y travaillera jusqu'en novembre 1967.

Le 5 juin, il est le candidat du Rassemblement pour l'indépendance nationale (R.I.N.) dans la circonscription de Taillon.

1968   En janvier, création, par le Théâtre du Nouveau-Monde, des *Grands Soleils*. La pièce est présentée dans plus de 44 villes du Québec, de l'Ontario et du Nouveau-Brunswick, avant de prendre l'affiche à Montréal, du 25 avril au 26 mai.

En décembre, lancement de trois ouvrages: le 13, l'édition «intégrale» des *Contes*; le 17, *Théâtre 1*; le 19, *la Charrette*.

1969   En février, publication, dans les *Écrits du Canada français,* du «Cœur d'une mère».

Le 30 avril, parution des *Historiettes*.

Le 11 mai, dans l'hebdomadaire *le Petit Journal*, il entreprend une chronique littéraire qu'il rédigera jusqu'au 10 mai de l'année suivante.

Le 2 septembre, lancement du *Ciel de Québec*.

Adhésion au Parti Québécois.

1970   Le 11 mars, lancement de *l'Amélanchier* et de la réédition de *Cotnoir*, suivi de: *La Barbe de François Hertel*.

Le 16 mars, il entre, à titre d'omnipraticien, à l'une des unités de l'hôpital psychiatrique Saint-Jean-de-Dieu, devenu en 1975 l'hôpital Louis-Hippolyte-Lafontaine.

De mars à décembre de l'année suivante, il est le titulaire de la chronique littéraire au *Magazine MacLean*.

Le 10 décembre, lancement du roman *le Salut de l'Irlande*.

Le 28 décembre, il sert de médiateur lors de l'arrestation de Paul et Jacques Rose et de Francis Simard, trois membres du Front de libération du Québec recherchés pour l'enlèvement et la séquestration de Pierre Laporte, ministre dans le cabinet Bourassa.

1971   Le 16 septembre, lancement des *Roses sauvages*.

Le 14 octobre, au réseau FM de Radio-Canada, diffusion de la pièce «J'ai déserté Saint-Jean-de-Dieu».

1972   Le 22 mars, lancement de *la Chaise du maréchal ferrant*.

Du 10 au 24 avril, diffusion du *Salut de l'Irlande* à l'émission «Lectures de Chevet», sur les ondes du réseau AM de Radio-Canada.

Le 10 mai, le roman *les Roses sauvages* mérite le prix France-Québec.

En mai, parution de *Tales from the Uncertain Country*.

Du 14 au 25 août, diffusion de *l'Amélanchier* à l'émission «Lectures de chevet».

Le 29 août, *le Canada français*, un hebdomadaire de Longueuil, publie la première d'une série de chroniques consacrées à la Crise d'octobre.

Le 11 octobre, lancement du *Saint-Élias*.

Le 30 octobre, il est candidat du Parti Rhinocéros aux élections fédérales, dans le comté d'Hochelaga.

Le 23 novembre, la Société Saint-Jean-Baptiste de Montréal lui décerne le prix Duvernay.

Le 30 novembre, lancement des *Confitures de coings*.

Durant l'année, parution de la traduction anglaise de *Papa Boss*.

1973   Le 18 janvier, présentation de sa pièce «les Cartes de crédit», au réseau FM de Radio-Canada.

Du 24 au 30 mars, lecture de *Papa Boss* au réseau AM de Radio-Canada.

En mai, réédition de *l'Amélanchier* chez Robert Laffont, à Paris.

En juin, parution de *Dr. Cotnoir*.

En octobre, séjour à Varsovie, en Pologne, pour assister au Congrès de l'Union mondiale des écrivains médecins.

1974   Le 10 avril, parution de l'essai de Jean-Pierre Boucher, *Jacques Ferron au pays des amélanchiers*.

En mai, la famille emménage à Saint-Marc-sur-le-Richelieu.

Aux élections fédérales du 8 juillet, il est candidat du Parti Rhinocéros dans le comté de Longueuil.

Le 4 octobre, présentation de la pièce radiophonique «les Yeux», au réseau FM de Radio-Canada.

Du 20 au 23 novembre, le Module de théâtre de l'Université de Montréal joue une adaptation pour la scène de *l'Amélanchier*.

Parution de la traduction du roman *les Confitures de Coings* sous le titre *Quince Jam*.

1975 Le 28 février, au réseau FM de Radio-Canada, diffusion de la pièce «la Ligue des bienfaiteurs de l'humanité».

En mai, parution de *Théâtre 2*.

En juin, publication de *the Juneberry Tree* (traduction anglaise de *l'Amélanchier*) et de *the Saint Elias*.

En septembre, lancement des deux tomes d'*Escarmouches*.

1976 Au début de l'année, parution de *Wild Roses*.

À l'émission «Un écrivain et son pays», sur le réseau FM de Radio-Canada, lecture de *Gaspé-Mattempa*.

La revue *Études françaises* lui consacre son numéro d'octobre.

1977 En janvier, parution du recueil *Quince Jam*.

Du 23 juin au 27 août, au Théâtre du Bois de Coulonge (à Québec), reprise des *Grands Soleils*.

À l'automne, réédition des *Confitures de coings*.

À compter du 12 octobre, collaboration sporadique à la publication *le Livre d'ici*.

Le 16 novembre, lancement, chez VLB Éditeur, de la réédition de *l'Amélanchier*.

Le 19 décembre, on lui attribue le prix David pour l'ensemble de son œuvre; la cérémonie est diffusée sur les ondes du réseau de télévision de Radio-Québec.

1979   *La Tête de monsieur Ferron ou les Chians*,
       «une épopée drolatique» de Victor-Lévy Beau-
       lieu, est jouée au Théâtre d'aujourd'hui, à
       Montréal. Le texte de la pièce est lancé le 15
       mars chez VLB Éditeur.

       Au printemps, les Éditions France-Québec et
       Fernand Nathan (Paris) publient *la Nuit*.

       Le 22 mai, il est candidat du Parti Rhinocéros
       aux élections fédérales, dans le comté de
       Mount-Royal.

       En septembre, la famille emménage à Saint-
       Lambert.

1980   Le 18 février, bien qu'il ait abdiqué son poste
       d'Éminence de la Grande Corne du Parti Rhi-
       nocéros, il est le candidat de ce parti dans le
       comté de Laprairie.

       Le 11 mai, il est du nombre des 150 écrivains
       fondateurs du Regroupement pour le OUI.

       En mai, parution de *Gaspé-Mattempa*.

1981   De janvier à novembre, collaboration au *Cour-
       rier médical*, publication qui a succédé à *l'In-
       formation médicale et paramédicale*.

       En avril, parution de *Rosaire*, précédé de:
       L'Exécution de Maski.

       En novembre, membre d'honneur de l'Union
       des écrivains québécois.

       Durant l'année, parution de *the Cart*.

1983   La revue *Voix et images* lui consacre un dossier (interview, études, bibliographie).

1984   Parution de *the Penniless Redeemer* (traduction du *Ciel de Québec*) et de *Selected Tales of Jacques Ferron*.

1985   Décès de Jacques Ferron, le 22 avril, à sa résidence de Saint-Lambert.

En mai, lancement du *Choix de Jacques Ferron dans l'œuvre de Jacques Ferron*.

Le 24 novembre, le Salon du livre de Montréal lui rend hommage et VLB Éditeur lance un recueil de ses *Lettres aux journaux*.

1987   En mai, lancement de *La Conférence inachevée/Le pas de Gamelin et autres récits*.

Cet ouvrage composé en Times corps 10
a été achevé d'imprimer
en juillet deux mille cinq
sur les presses de Transcontinental
pour le compte des
Éditions Typo.

Imprimé au Québec (Canada)